Romain Gary war ein Autor vieler Identitäten. In Wilna, damals Russland, geboren, kam er als 14-Jähriger nach Südfrankreich. Im Zweiten Weltkrieg flog er unter der französischen Exilregierung von Charles de Gaulle Einsätze in Europa und Nordafrika. Als Diplomat und Schriftsteller lebte er unter anderem in London, Paris und Los Angeles. In der Literatur des 20. Jahrhunderts zählt Gary zu den bedeutendsten und erfolgreichsten Autoren.

Sieben Erzählungen, geschrieben zwischen 1935 und 1970, geben Einblick in die Welt eines ruhelosen Kosmopoliten, der als junger Mann im Krieg gegen Hitlerdeutschland einer großen Sache diente, dessen Blick zurück jedoch desillusioniert ist; gebrochen durch Lebenserfahrung und eine generelle Skepsis gegenüber allen »Verbrechern im Dienst des Guten«. Daraus resultiert der schwarze Humor und zum Teil sarkastische Ton seiner Texte. In *Außer Atem* inszeniert ein Mann seinen Selbstmord und wartet auf den von ihm selbst angeheuerten Auftragskiller; eine Geschichte, die mit einer überraschenden Pointe endet. Von der unverschämten Naivität einer Französin im damals von Frankreich besetzten Indochina erzählt *Die kleine Frau*. Und in *Der Grieche* entfacht Gary ein ironisches Feuerwerk, indem er einen amerikanischen Langstreckenschwimmer in den Freiheitskampf der Griechen gegen das Regime der Obristen verwickelt.

Romain Gary (1914–1980), eigentlich Roman Kacew, geboren in Wilna (heute Vilnius), wuchs in Russland und in Polen auf. Als er vierzehn war, emigrierte seine Mutter mit ihm nach Nizza. Er studierte Jura, war im Zweiten Weltkrieg Pilot der Luftstreitkräfte unter de Gaulle, veröffentlichte 1946 seinen ersten Roman. Eintritt in den diplomatischen Dienst, französischer Konsul in Los Angeles. Als einziger französischer Schriftsteller erhielt er zweimal den Prix Goncourt (einmal als Romain Gary, einmal als Émile Ajar). 1980 wählte Romain Gary den Freitod. Im *Fischer Taschenbuch Verlag*: ›Frühes Versprechen‹ (Bd. 18453).

Unsere Adresse im Internet: www.fischerverlage.de

Romain Gary
Das Gewitter

Erzählungen

Aus dem Englischen und Französischen
von Carina von Enzenberg und
Giò Waeckerlin Induni

Fischer Taschenbuch Verlag

Veröffentlicht im Fischer Taschenbuch Verlag,
einem Unternehmen der S. Fischer Verlag GmbH,
Frankfurt am Main, Februar 2011

Die Originalausgabe dieses Erzählbandes erschien 2005
unter dem Titel ›L'Orage‹ bei Éditions de l'Herne in Paris
Lizenzausgabe mit freundlicher Genehmigung
des SchirmerGraf Verlags München
© Éditions de l'Herne, 2005
Deutsche Ausgabe:
© SchirmerGraf Verlag, München 2006
Druck und Bindung: Druckerei C. H. Beck, Nördlingen
Printed in Germany
ISBN 978-3-596-18439-2

Inhalt

Außer Atem	7
Das Gewitter	47
Menschliche Geographie	71
Zehn Jahre danach oder	
Die älteste Geschichte der Welt	83
Sergeant Gnama	95
Eine kleine Frau	103
Der Grieche	131
Zeittafel	199

Außer Atem

1970

I

Gleich zu Beginn eine Warnung an den französischen Leser: Es gibt im Französischen keine Entsprechung für den amerikanischen Ausdruck »*motherfucker*«. Ich habe darüber mit meinem Freund Edmond Glenn gesprochen, einem der größten Experten in Sachen Kulturaustausch, und wir sind übereingekommen, daß es einigermaßen unmöglich ist, im Französischen Wörter wie *motherfucker*, *cockfed* und so weiter wiederzugeben, die heutzutage unerläßlich sind, wenn man sich an der amerikanischen Literatur und Jugend erfreuen will. Ich werde also gar nicht erst versuchen, den Begriff »*fuckburger*« zu übersetzen, den ich am Eingang einer Snackbar am Sunset Strip mit Kreide auf einer Tafel geschrieben sah. Natürlich sagte ich mir, daß es sich um eine Variante des »Cheeseburgers« oder »Hamburgers« handeln mußte, aber wenn »Cheeseburger« bedeutete, daß man zum Hackfleisch Käse hinzufügte, was genau fügte man dann dem »*fuckburger*« hinzu? Keine Ahnung. Bestimmt etwas besonders Köstliches. Ich betrat also dieses Lokal nicht ohne eine gewisse Erwartung. Es ist beflügelnd, wenn man mit dreiundfünfzig und einem mehr als erfüllten Leben noch auf etwas stößt, was einem eine neue Art Hoffnung oder eine bislang noch nicht gemachte Erfahrung verheißt.

Fucker. Die heutige amerikanische Jugend konnte ja unsere kühnsten Träume übertroffen und etwas Außergewöhnliches entdeckt haben. Ich trat also ein, bestellte, eher schüchtern, eine Tasse Kaffee und wartete irgendwie darauf, daß mich jemand ansprach. Mit meinem grauen Haar, den Falten im Gesicht und der Rosette der Ehrenlegion im Knopfloch – alles eindeutige Zeichen dafür, daß ich von gestern war – konnte ich nicht einfach so einen *fuckburger* bestellen. Man will sich schließlich nicht als alter Sack beschimpfen lassen.

In der Snackbar waren sehr viele junge Leute, und die Jukebox spielte: »*Give it to me, baby, give it, give it all. If you love me tender I shall kill them all.*«

Ich fand es erfreulich zu sehen, wie sich junge Männer, die in Vietnam gekämpft hatten, nun patriotische Lieder über die Heldentaten ihrer Generation anhörten, so wie wir in Frankreich die *Marseillaise* mit ihrem hehren Wortlaut singen: »*Qu'un sang impur abreuve nos sillons.*« In meinem Alter und angesichts meiner eigenen heroischen Vergangenheit

Außer Atem

(ich denke an all die deutschen Städte, die ich während des Krieges für ein nobles Ziel bombardiert hatte) rührte mich die Feststellung, daß unsere unveränderlichen Werte überlebt hatten, mit oder ohne *fuckburger*. Allerdings täuschte ich mich. Was die unveränderlichen Werte anging, so war das, was nun folgen sollte, eher unerwartet ...

Das Lokal war nett eingerichtet. An der Wand hingen ein psychedelisches Poster von General de Gaulle mit der Aufschrift »*Screw you, America*« und ein riesengroßes psychedelisches Porträt – sofern man hier überhaupt von einem Porträt sprechen kann – eines nackten Hinterns, den zwei Hände sozusagen einen Spaltbreit öffneten und in dem eine winzige amerikanische Flagge steckte. Da ich selbst eine Künstlernatur bin, betrachtete ich das Poster anerkennend. Außerdem gab es ein riesiges Konterfei von Präsident Nixon, das auf eine Reklame mit der Aufschrift »Forest Lawn* kümmert sich um alles« gemalt war. Und eine absolut hinreißende Photomontage von Onkel Sam, der mit heruntergelassener Hose gerade im Begriff war, einen Kothaufen in Gestalt der Freiheitsstatue zu produzieren, sowie ein Porträt von Che Guevara als Brigitte Bardot. Pin-ups sind eben Pin-ups.

---

* Forest Lawn ist ein riesiges Bestattungsunternehmen (Anm. d. Übers.).

»Noch was?« erkundigte sich der junge Mann hinter der Theke.

Angesichts der Rassenproblematik in den USA und der Überempfindlichkeit der Afroamerikaner, die sich erfolgreich um Assimilation bemühen …, wagte ich nicht, so idiotisch es klingen mag, bei einem Schwarzen einen *fuckburger* zu bestellen.

Ein Mädchen saß auf einem totemähnlichen Barhocker und starrte mich an, wie mich noch nie jemand angestarrt hatte. Sie hatte die Beine gespreizt, trug einen Minirock und nichts darunter. Ich bemühte mich, ihren Blick abzuwenden, wenn ich so sagen darf. Sie hatte herrliches rotes Haar.

Die Jukebox spielte: …

»Ich nehme einen *fuckburger*«, sagte ich bestimmt.

Die Kleine sah mich noch immer so einladend an, also lächelte ich ihr zu. Sie lächelte zurück.

»Sind Sie Mexikaner?« fragte sie.

»Franzose.« Über ihr Gesicht ging ein Leuchten, und sie spreizte die Beine noch ein wenig mehr.

»Hey, Mensch, mein Vater war im Dritten Weltkrieg in Frankreich.«

»Hat's ihm gefallen?«

»Keine Ahnung«, sagte die Kleine. »Er ist dort umgekommen.«

Der Afroamerikaner hinter dem Tresen kam

mit meiner Bestellung zurück. Alles, was ich sah, war Hackfleisch in einem Brötchen.

»Warum nennen Sie das *fuckburger*?«

»Weil es das Beste ist, was es gibt.«

Ich probierte das Fleisch. Ein völlig normaler Hamburger mit ein bißchen Firlefanz drum herum.

»Man kann deine Muschi sehen«, sagte einer der jungen Männer.

Er trug eine Bob-Dylan-Frisur, grüne Ohrringe und ein Sweatshirt mit dem Aufdruck *I Hate You*. Die Kleine schloß die Knie, und ich hatte das Gefühl eines gewaltigen Verlustes. Sie aß Kartoffelchips. Sie war ganz hübsch, wenn auch etwas gewöhnlich, und unter der gewaltigen Masse ihres roten Haars wirkte ihr mit Sommersprossen gesprenkeltes blasses Gesicht winzig und anrührend, wie das eines Kindes, das sich im Wald verlaufen hat.

Auf der Straße vor der Snackbar fuhr eine tolle Limousine nach der anderen vorbei.

»Ich wollte immer schon mal nach Frankreich gehen«, sagte die Kleine.

»Haben Sie denn noch Familie?« fragte ich sie.

Sie strahlte.

»Die ganze Welt ist meine Familie.«

Ich war begeistert.

»Die ganze Welt«, wiederholte sie glücklich.

»Sind Sie eine Waise?« fragte ich.

Sosehr ich mich bemühe – ab und zu muß ich einfach gemein sein.

»Nein«, sagte die Kleine, »ich bin *topless hostess*. Gegenüber, im Pussy Cat. Vielleicht könnte ich das ja auch in Frankreich machen?«

»Hör bloß auf«, sagte der junge Mann. »Dort würdest du im Bordell landen.«

»Das wäre mir ziemlich schnuppe, ob ich in einem Bordell lande, Hauptsache, ich mache was aus meinem Leben«, meinte die Kleine.

Der Afroamerikaner sah sie an.

»Ich liebe *alle*«, sagte die Kleine freundlich.

»Deshalb fängt sie sich auch einmal im Monat den Tripper ein«, sagte der junge Mann.

Unter dem Poster von Onkel Sam, der gerade die Freiheitsstatue kackte, zeichnete ein junger Neger in lila Hemd und grüner Hose etwas auf ein Stück Klopapier, das er gleich darauf zerriß. Auf dem Rücken seines Hemdes war ein riesiger gekreuzigter Jesus abgebildet. Das Kreuz war weiß, Jesus schwarz, und erst jetzt bemerkte ich das berühmte Photo von Lumumba, wie er als Gefangener auf Knien an den Haaren gezogen wird. Man hatte mir erzählt, daß Kasavubu, nachdem man Lumumba gefoltert und umgebracht hatte, dessen Leber gegessen habe, was ich immer höchst merkwürdig gefunden hatte: ich meine, seinen Feind zu essen. Ich würde durchaus jemanden essen, den ich zum Fressen gern habe, mich aber glatt weigern, mir ein Stück von jemandem einzuverleiben, den ich hasse.

»Und wenn schon! Mit meinem Hintern mache ich, was ich will, Hauptsache, ich mache jemanden glücklich.«

»Warum hast du mich dann geheiratet, verdammt noch mal?« fragte der junge Mann wütend.

Die Kleine sah ihn ernst an. Große blaue Augen in einem blassen Gesichtchen, das wie ein Eichhörnchenbaby im Rot ihrer Haare nistete.

»Hör mal, Jack, du weißt genau, wie das gelaufen ist. Ich hatte das Gefühl, ich wäre dir das schuldig, mein Lieber. Es stimmt nicht, daß ich mir ständig den Tripper einfange und ihn anderen Kerlen anhänge. Das weißt du genau. Du warst der erste, dem ich ihn angehängt habe, und deshalb mußte ich dich auch heiraten. Alles klar? Ist jetzt alles klar?«

»Ich möchte noch einen *fuckburger*«, sagte ich bestimmt.

Die Kleine drehte sich zu mir um.

»Sind Sie verheiratet?«

Ich holte aus meiner Brieftasche das Photo einer entzückenden Frau, mit jungem Gesicht und weißblondem Haar, und zeigte es ihr. Ich hatte mich in dieses Gesicht ungefähr vor fünf Jahren verliebt und hatte es aus einer Zeitschrift ausgeschnitten. Eine Reklame für einen Kühlschrank. Ich trug dieses Photo immer bei mir. Es war die gelungenste Beziehung, die ich jemals in meinem Leben mit einer Frau hatte.

»Sie sieht sehr schön aus«, sagte das Mädchen zu mir. »Bestimmt sind Sie unheimlich glücklich. Haben Sie Kinder?«

»Ich habe eine Tochter, die ist mit einem Schafzüchter in Australien verheiratet.« Wenn man keine Tochter hat, hindert einen nichts daran, sie mit einem australischen Schafzüchter zu verheiraten. Plötzlich erfaßte mich ein starkes Gefühl von Realität, ich hatte den Eindruck, festen Boden unter den Füßen zu haben, und ich fragte mich, ob ich meine Tochter eines Tages wiedersehen würde. Unendliche Weiten unter freiem Himmel, über die Schafherden zogen. Ich habe während meiner Kampf- und Kriegsjahre so viele Orte und so viel von der Welt gesehen, ich habe so viele Menschen für so wenig getötet, daß ich nur noch eine einzige Hoffnung habe, nämlich daß meine Tochter, die es nicht gibt und die mit diesem Kerl verheiratet ist, der in Australien keine Schafe züchtet, ein friedvolles, glückliches Leben führt.

»Schafe ...«, wiederholte die Kleine. »Millionen grasende Schafe ... Wie schön.«

Sie hatte Tränen in den Augen.

Außer Atem

Auch mich packte die Rührung. Vor Jahren hatte ich mir eine glückliche Tochter in Australien ausgedacht, aber in letzter Zeit – warum, weiß ich auch nicht so recht – hatte ich sie eher vernachlässigt. Ich war ein schlechter Vater. Ich sollte öfter an sie denken. Eine ausgezeichnete Yoga-Übung, die mir hilft, mein Leben der blutigen Kämpfe zu vergessen – nur fünf Überlebende von den zweihundertfünfzig Mann meiner Staffel, die getöteten und erschossenen Menschen, die Häuser, die ich bombardiert, die Dreckskerle, die ich mit eigenen Händen umgebracht hatte ... Und das alles für nichts. Errol Flynn hatte mir einmal anvertraut, er hätte als sehr kleiner Junge in Australien Schafe mit den Zähnen kastrieren müssen. Das ist oder war damals nun mal die übliche Methode. Armer Lumumba.

Eine Weile hörte man nichts als das Brutzeln der *fuckburger* auf dem Grill, was mich an Che Guevara und all die Freiheitskämpfer denken ließ. Ich versuchte mich zu erinnern, wer genau die Guerilleros waren, die sich den Namen »Freiheitskämpfer« zugelegt hatten. War das in Algerien, in der internationalen Brigade des Spanischen Bürgerkriegs, auf Kuba, in Indochina, in der Tschechoslowakei? Waren das die französischen Widerstandskämpfer, die amerikanischen Neger, die Juden aus den Gettos, die palästinensischen Terroristen der Fatah, die Griechen? Genausogut hätte ich versuchen können, mich an die Namen all der Frauen zu erinnern, mit denen ich in den vergangenen fünfundfünfzig Jahren geschlafen hatte, seit ich mich zum ersten Mal freiwillig gemeldet hatte, um in Abessinien als Achtzehnjähriger gegen Mussolinis Faschisten zu kämpfen, bevor ich 1938 sechs Monate in Malraux' republikanischer »Flugzeugstaffel España« diente und Deutsche in Frankreich tötete. Plötzlich fühlte ich mich selbst wie ein gegrillter *fuckburger*, allerdings wie ein ungenießbarer.

»Weiß jemand von euch, woher der Ausdruck ›Freiheitskämpfer‹ kommt?«

Sie sahen mich mit großen Augen an – genau so, wie es die Kluft zwischen den Generationen täte, hätte sie Augen.

»Wie noch mal?« fragte der Neger.

»Freiheitskämpfer.«

»Nein, hier in Los Angeles gibt es keine Band mit dem Namen.«

»Capitol Records«, sagte ich. »Wie die Animals oder die Grateful Dead. Das sind die Größten. Bitch Moroz an der Gitarre. Er ist der Beste. Die müssen Sie sich holen, Mann.«

Der Neger sah mich durchdringend an. Er wußte, daß ich bluffte – ich meine, als ich »Mann« sagte.

Die Kleine schluchzte immer noch. Über all die friedlich grasenden Schafe in Australien.

»Ich finde Sie wunderbar«, sagte sie zu mir.

»Laß mal gut sein, Britt«, sagte der Junge mit dem Christus auf dem Rücken. »Wenn man's übertreibt, geht der Schuß nach hinten los.«

»Ich mag Ihr Gesicht«, sagte die Kleine. »Ja, wirklich. Auf der Welt gibt es jede Menge wunderbare, schöne Menschen, man kriegt sie nur nie zu sehen. Ich möchte so gern mal nach Indien. Ich glaube, wenn ich da nicht bald hinkomme, sterbe ich.«

Ein dunkelgrüner Rolls-Royce hielt vor der Tür, und der Chauffeur, ein Neger in marineblauer Uniform und Mütze, kam herein, beugte sich neben der Kasse über die Theke und schnappte sich ein Päckchen Zigaretten.

»Wie geht's?« fragte der Wirt.

»Geht so«, sagte der Chauffeur, oder vielmehr knurrte er, aber in solchen Begriffen darf man bei einem Neger nicht denken, ich bin da immer übervorsichtig: Was das Vokabular betrifft, muß man ihnen das Beste geben, was man hat.

»Bin gefeuert«, sagte der afroamerikanische Chauffeur.

»Du machst Witze, wer hat dich gefeuert?«

»Sammy, der Scheißkerl. Er hat mich vor gerade mal einer halben Stunde gefeuert«, sagte der Schwarze. »Diese Neger spielen sich manchmal ganz schön auf.«

»Was ist passiert?«

»Nichts ist passiert. Dieser Negerarsch sagt, daß er sich keinen schwarzen Chauffeur leisten kann, das kratzt an seiner Würde und an meiner. Er sagt, alle Neger, die mit einem schwarzen Chauffeur am Steuer ihres Rolls-Royce Silver Cloud in Beverly Hills rumkurven, haben das Gefühl, sie hätten ihren farbigen Bruder versklavt. Und wenn die Weißen einen schwarzen Chauffeur sehen, der mit der Mütze in der Hand den Wagenschlag aufreißt, um seinen schwarzen Arbeitgeber aussteigen zu lassen – ja, Sir, nein, Sir –, lachen sie bloß. Er sagt, das ist ethisch nicht vertretbar. Ich habe zu ihm gesagt, hör mal, ich muß nicht ›Sir‹ sagen, ich kann dich auch ›Sammy‹ nennen, und ich muß auch keine Uniform tragen, ein bequemer, gut geschnittener Anzug tut's genauso, aber da hat er gesagt, nein, das gefällt ihm nicht, dann lieber gar nicht. Dafür hat er sich keinen Silver Cloud gekauft, kapierst du? Denn genau das will dieser Nigger: einen hundertprozentigen Chauffeur, vom Scheitel bis zur Sohle, der ihm mit der Mütze in der Hand den Wagenschlag von seinem Rolls aufreißt, ja, Sir, sehr wohl, Sir. Der Drecksack. Seine Mutter war eine Nutte, die für drei Dollar pro Nummer in der 130th Street East auf den Strich gegangen ist.«

»Und deine? Wieviel hat deine Mutter genommen?« fragte Freddy. »Alle hier, deren Mutter keine Nutte war, sollen die Hand heben.«

Ich hob meine.

»Reaktionärer Hurensohn«, sagte Freddy mit Blick auf mich.

»Einer von denen, die Reagan gewählt haben.«

Der Chauffeur trank eine Cola.

»Und was hast du jetzt vor?«

»Er sagt, er will mich ein paar weißen Freunden empfehlen, die einen Chauffeur suchen«, sagte der Afroamerikaner. »Aber ich denke nicht dran, einen beschissenen Cadillac zu fahren, nachdem ich fünf Jahre am Steuer von einem Silver Cloud gesessen habe. Er faselt dir was von Würde vor, und dann will er dich mit einem Arschtritt aus einem Vierzig-Millionen-Dollar-Rolls in einen lausigen Cadillac befördern. Da muß er sich was Besseres einfallen lassen. Er zahlt den Typen von Roy Karanga seinen Obolus, aber ich habe ein paar gute Kumpels bei den Schwarzen Panthern. Und ich habe das Gefühl, daß sein weißer Chauffeur eine Menge Probleme mit seinem Silver Cloud haben wird, das kannst du mir glauben.«

»Hör mal, Steve, wenn du dich mit Roy Karanga anlegst, bist du ein toter Mann. Er steckt zur Zeit hinter allen Morden. Er arbeitet für die CIA und fürs FBI. Sie benutzen ihn, um die schwarzen Anführer gegeneinander auszuspielen und einen nach dem anderen zu eliminieren«, schaltete sich der junge Mann mit dem Christus auf dem Rücken ein.

Romain Gary

Ich bezahlte meinen *fuckburger*, verließ die Snackbar und ging die Straße entlang, dann setzte ich mich auf eine Bank, wobei ich mir die aussuchte, die für den Wein »Manishevitz*« und nicht für »Forest Lawn« warb. Es brachte nichts, zum Motel zurückzugehen. Ich hatte ihnen gesagt, daß ich sie um sechzehn Uhr dreißig erwartete, und es war erst vierzehn Uhr, so daß ich noch zwei Stunden und dreißig Minuten zu leben hatte, was verdammt lang ist, wenn man wartet, und ich wußte nicht recht, wie ich die Zeit totschlagen sollte. Kurz darauf kam auch die Kleine namens Britt, die mir für einen kurzen Augenblick gezeigt hatte, worum's im Leben geht, aus dem Lokal und setzte sich neben mich auf die Bank, während sich der Bursche, der einen Haß auf mich hatte, weil ich ein Seidenhemd mit Krawatte, einen Anzug aus weißem Haifischleder und die rot-weiße Rosette des Kommandeurs der Ehrenlegion, eine der höchsten Auszeichnungen, die einem Frankreich verleihen kann, am Revers trug, auf dem Gehsteig aufbaute und mich feindselig ansah.

»Sie sind bestimmt ein wunderbarer Mensch«, sagte die Kleine zu mir.

»Sie ist auf der Suche nach ihrem Vater«, sagte der Junge. »Inzestuöse Schlampe.«

---

* Der Manishevitz ist ein koscherer Likör (Anm. d. Übers.).

»Ihre Augen haben was Sanftes und gleichzeitig Trauriges«, redete die Kleine weiter und versenkte ihre Augen vielsagend in die Leere meines Blicks.

»Laß ihn«, sagte der Junge. »Das ist doch ein alter Sack. Dem kannst du nicht mal zu einem Ständer verhelfen.«

»Geht die Spitze gegen Ihre Frau oder gegen mich?« fragte ich.

»Mit Ihnen rechne ich noch ab«, erwiderte er wütend.

Ich stand auf und ging zurück ins Fuckburger – der beste Name, den ich je einem Ort verpaßt hatte.

Der Chauffeur mit dem gebrochenem Herzen war immer noch dort.

»Warum fällt uns de Gaulle in den Rücken?« klagte er.

Ich betrachtete sein gesellschaftlich integriertes schwarzes Gesicht. *Trottel*, dachte ich bei mir.

Die ganze Geschichte ähnelte langsam einem Alptraum, aber das Mädchen war wieder zurück. Auf streunende Hunde hatte ich schon immer eine besondere Anziehung. Mit unterwürfiger, respektvoller Miene setzte sie sich wieder auf ihren Hocker und fixierte mich, so daß ich mir wie ein Heiliger vorkam, und plötzlich mußte ich innerlich lachen und machte über ihrem Kopf das Kreuzzeichen. Sie lächelte. Es war ein ziemlich schönes Lächeln, eines, bei dem man Lust bekam, sich hinabzubeugen und es aus all dem Dreck und Schmutz, in den es gefallen war, aufzuheben.

»Oh, danke schön«, sagte sie. »Sind Sie Lehrer?«

Ich war in meinem Leben alles mögliche gewesen, Generalkonsul von Frankreich, Profikiller, ein miserabler Drehbuchautor, und ich hatte auch unter Pseudonym ein Buch über die Taktik der Guerilla geschrieben, das man in Che Guevaras Gepäck gefunden hatte. Die internationalen Brigadisten, die in Spanien im Einsatz gewesen waren, kannten es bestens. Und 1941 hatte ich in Französisch-Äquatorialafrika in einem Dschungelcamp die Elite der Fremdenlegion im Nahkampf unterrichtet.

»Ja«, antwortete ich. »Ich bin Lehrer. Wie haben Sie das erraten?«

Sie war begeistert.

»Sie wirken irgendwie so vergeistigt.«

Man kann nur eine begrenzte Menge *fuckburger* essen; also ließ ich einfach die Zeit verstreichen. Es war jetzt zehn vor drei.

»Wie alt sind Sie, Monsieur?« fragte die Kleine.

Sie lachte.

»*Monsieur* ist das einzige französische Wort, das ich kenne.«

Für ein Mädchen, dessen Vater bei der Befreiung Frankreichs gefallen war, war das ein bißchen dürf-

tig. Sie hätte ruhig zwanzig Wörter mehr lernen können, dachte ich.
»Dreiundfünfzig.«
»Ach, wirklich? So alt sehen Sie gar nicht aus.«
Ich hatte mir ein neues Gesicht verpassen lassen, ein paarmal schon, und am Ende hatte der Chirurg zu mir gesagt, daß ihm allmählich die Physiognomien ausgingen. Beim letzten Mal, das war jetzt sechs Monate her, war die Veränderung wirklich radikal gewesen, aber an den Augen kann man nicht viel machen. Der Blick kommt von innen.

Der Mann von der Kleinen war zurück. Er sah extrem vielversprechend aus. Daß er high oder irgendwas in der Art war, mit seinem von glühendem Haß verzerrten Gesicht, hatte natürlich etwas damit zu tun. Vielleicht war es Wunschdenken, aber mir kam es so vor, als stecke noch mehr dahinter. Er hatte einen Haß auf mich, auf eine irgendwie unpersönliche Weise, die vor allem mit meiner Generation zu tun hatte. Für einen Burschen, der 1970 zwanzig Jahre alt war, war dieser Haß eine ausgezeichnete instinktive Reaktion auf die Massenmedien, den Informationsfluß von Ost nach West und die Wahrheit, die von überallher auf uns einprasselte. Ich war der Prototyp eines Verantwortlichen und bin davon überzeugt, daß ein Jugendlicher, der heute irgendeinen Fünfzigjährigen abknallt, eine verdammt gute Entschuldigung hat.

»Wie viele Frauen haben Sie wirklich geliebt?« fragte mich das Mädchen.

»Nur eine.«

»War sie sehr schön?«

»Ja, sehr.«

Am auffälligsten an Ilona waren ihre grauen Augen gewesen. Angoragrau.

Ich hatte sie 1939 kennengelernt, nach dem Fall Madrids und meiner Rückkehr nach Nizza. Es ist ganz normal, wenn man dreißig Jahre später die Frau, die man geliebt hat, rückblickend mit all der Schönheit, Intelligenz und Vollkommenheit dieser Welt bedenkt, und oft bedeutet eine solche Verklärung der Vergangenheit nichts anderes, als daß man sie vergessen hat.

Doch ich glaube nicht, daß das auf mich zutrifft.

Es dauerte ein Jahr, und zumindest im Rückblick fühlt es sich gut an, es fühlt sich an, als hätte es Auschwitz nie gegeben, als hätte Stalin nicht zwanzig Millionen Menschen umgebracht, als hätte der Kommunismus nicht in einem entsetzlichen Fiasko geendet – dies ist zweifellos die Beschreibung, die meiner Beziehung zu Ilona am nächsten kommt. Sie dauerte ein Jahr. Ich hatte mich abermals zur Luftwaffe gemeldet, aber Ilona verbrachte jede Nacht bei mir, ganz gleich, wo ich war. Trotzdem senkte sich alle paar Monate ein rätselhafter Schatten auf sie herab. »Leichte Herzprobleme«, erklärte sie mir, und dann reiste sie in die Schweiz, um dort mehrere Wochen in einer Klinik zu verbringen. Natürlich besagt die Tatsache, daß ich keine andere Frau je so geliebt habe wie sie, nicht viel außer vielleicht, daß ich gar nicht zu lieben imstande bin. Als die deutschen Panzer am 10. Mai 1940 Frankreich überrollten, war sie gerade in der Schweiz, und ich habe sie nie wiedergesehen. Das Rote Kreuz, Freunde in neutralen Ländern, die Botschaften, ich hatte alles versucht – vergebens. Es war aus und vorbei, für immer. Es war sogar so sehr vorbei, daß ich 1945 heiratete, was man nur dann tut, wenn man weiß, daß weitere Anstrengungen nichts nützen.

Aber dann ...

»Warten Sie hier auf jemanden?« fragte mich der Afroamerikaner hinter der Theke.

»Ja«, antwortete ich.

Dabei war die Snackbar mit der heißen, stickigen, nach Frittieröl und Ketchup riechenden Luft kaum der richtige Ort, um ein Gespenst zu empfangen.

»Ich würde Sie gern näher kennenlernen«, sagte das Mädchen mit den Sommersprossen.

»Danke.«

»Das sind ziemlich gute Klamotten, die Sie da anhaben, Mister«, sagte der Exchauffeur zu mir. »Französisch?«

»Spanisch«, sagte ich.

1953 erhielt ich den ersten kurzen Brief von Ilona. Es waren nur ein paar Zeilen. Sie hatte eines meiner Bücher gelesen, in dem ich sie erwähnt hatte. Sie lebte seit siebzehn Jahren in einem belgischen Kloster. Die Adresse stand auf der Rückseite des Umschlags. Ich schickte ihr ein Telegramm. Es kam nie eine Antwort.

Ein paar Wochen später erhielt ich wieder einen Brief, der dem ersten aufs Wort glich. Ob ich ihren ersten Brief denn nicht erhalten hätte? Damals war ich gerade in Südamerika damit beschäftigt, die Ermordung eines der größten Schlächter unserer Zeit in die Wege zu leiten, und schickte ein Telegramm nach dem anderen.

Ein dritter Brief traf drei Wochen später ein, wieder mit demselben Wortlaut. Ob ich ihren Brief denn nicht erhalten hätte? Ich griff zum Telephon und rief Riallan, den ersten Generalkonsul in Antwerpen, auf der anderen Seite des Atlantiks an. Ich erzählte ihm kurz die Geschichte und bat ihn, zum Kloster zu fahren, um nachzusehen, was los ist.

Er kam meinem Wunsch nach und berichtete mir anschließend ausführlich über seinen Besuch. Das »Kloster« war in Wahrheit eine psychiatrische Klinik. Ilona litt seit zwanzig Jahren unter unheilbarer Schizophrenie. Es war ihr nicht gestattet, sich den Emotionen der Außenwelt auszusetzen, und deshalb hatten die Ärzte sämtliche Briefe und Telegramme von mir einbehalten. Pro Tag war sie ungefähr fünfzehn Minuten vollkommen klar im Kopf, den Rest verbrachte sie in einem Dämmerzustand.

In den folgenden Jahren, bis zum Jahr 1958, erhielt ich von Ilona immer wieder solche einander exakt gleichenden Briefe, es war eine Art chinesischer Folter, die zu erfinden die Chinesen versäumt hatten. Immer dieselben Worte, und für sie war offenbar jeder Brief der erste, da sie alle zuvor geschriebenen vollständig vergessen hatte.

»Geben Sie mir noch einen *fuckburger*«, sagte ich.

Ich zog den letzten Brief, den ich erhalten hatte, aus der Tasche und zerriß ihn.

Das sommersprossige Gesicht lächelte mir aus den Tiefen dieser fettigen Grillfleischhölle entgegen.

»Ein Liebesbrief?« fragte sie.

»Klar.«

Ein paar Monate zuvor hatte ich einen Brief von Ilonas Schwester, Frau Ryck, aus Tel Aviv erhalten. Von der Existenz einer Schwester hatte ich nichts gewußt. Ich hätte Ilona mehr Fragen stellen, mehr Interesse für sie aufbringen sollen. Aber ich war damals noch jung, und die Liebe nahm allen Platz ein.

Romain Gary

Frau Ryck bestätigte mir, was ich bereits wußte, aber dann schloß sie eine erfreuliche kleine Nachricht an. Ilona war tatsächlich jeden Tag zehn, manchmal sogar zwanzig Minuten lang klar im Kopf. Und dann, so schrieb mir Frau Ryck, lächeln ihre grauen Augen freudig – sie sind immer noch genauso schön, obwohl sie mittlerweile natürlich eine alte Frau ist –, und sie spricht von ihrem Romain. Wie geht es ihm? Wo ist er? Ist er glücklich? Als er jung war, wollte er Schriftsteller und Diplomat werden. Ob er es geworden ist?

Der gegrillte *fuckburger* zischte im heißen Öl.

II

Ich hatte das Motel sehr sorgfältig ausgewählt. Es lag in La Cienega und war eine Art Bordell, das man von drei verschiedenen Seiten aus anfahren konnte. Mein Zimmer befand sich ganz am Ende, hinter dem halb eingestürzten Holzgerüst eines Erdölbohrlochs, das seinen letzten Tropfen bereits vor vielen Jahren ausgespuckt hatte. Das Gerüst hatte Ähnlichkeit mit diesen Wachtürmen, wie sie in Deutschland rund um die Konzentrationslager gestanden hatten. Aber vielleicht stimmt das auch gar nicht, und es liegt nur daran, daß ich ein ausgeprägtes wissenschaftliches Interesse an Geschichte habe oder hatte.

Ich parkte, stieg aus meinem Wagen und sah mich um – ein letzter Blick auf die Welt vor dem Tod, um mich ein wenig aufzubauen. Die Hügel waren hier oben sehr schön. Ich betrat mein Zimmer. Meine Uhr hatte ich zehn Minuten vorgestellt, um hundertprozentig sicherzugehen, aber ich war zu schnell gefahren, und deshalb hatte ich noch eine Viertelstunde. Einmal mehr überprüfte ich meine Sachen, um mich zu vergewissern, daß sie in Ordnung waren, aber alles war perfekt, in meinen Papieren gab es keinen Hinweis mehr auf meine wahre Identität, nichts, was mich hätte verraten oder meine Pläne postum vereiteln können. Es gab da noch ein paar Tonbandaufnahmen, aber sie waren harmlos, einfach nur das Geräusch des Ozeans, des Windes, der Möwen und das Rauschen der Bäume rund um mein altes Haus in der Normandie. Ich lauschte den Bäumen einen Augenblick mit geschlossenen Augen und einem Lächeln auf den Lippen, es war, als wäre ich wieder zu Hause. Ich hatte das Haus im Vorjahr verkaufen müssen, um meine Versicherung zu bezahlen, und nun diente es einem Pariser Möbelfabrikanten als Zweitwohnsitz. Danach legte ich mich aufs Bett, griff nach dem Telephonbuch und las aufs Geratewohl ein paar Namen. Man findet in dieser Art von Literatur immer die unglaublichsten Namen; diesmal stieß ich auf einen gewissen Mr. Fertig; und fertig war ich allemal.

Es ist gar nicht so einfach, in Los Angeles einen guten Profikiller aufzutreiben, es sei denn, man kennt Leute, die bereit sind, sich für einen zu verbürgen. Ich hatte eine Ewigkeit gebraucht, um Muradov ausfindig zu machen, und schon langsam Panik bekommen, weil mir nur noch drei Wochen Zeit blieben; ich schlief nachts nicht mehr, weil mich das Bild von zweihundert verhungernden Kindern verfolgte, die mich mit vorwurfsvollen Augen ansahen. Ich wußte auch, daß laut Statistik des Roten Kreuzes dort unten alle drei Minuten ein Kind starb, und allmählich kam ich mir wie ein erbärmlicher, unfähiger Amateur vor. Für einen Mann, der den Großteil seines Erwachsenenlebens unter Profikillern verbracht hatte, war dies eine verdammt groteske Situation. Aber zum einen muß ich dazu sagen, daß ich, damit beschäftigt, armselige Drehbücher und anonym veröffentlichte Lyrik zu schreiben, in den letzten Jahren von dieser Art Geschäfte vollkommen abgeschnitten gewesen war, und zum anderen gründeten die Freundschaften, die ich zu einigen Killern unterhielt, allesamt auf Idealismus, weshalb diese Freunde nichts für mich tun konnten. Ich würde keinen Typen vom Schlag eines Broniek Schurr finden, dessen letzter Job für unsere Organisation in der Exekution dreier Hauptmänner der brasilianischen Armee bestanden hatte, auf deren alleiniges Konto die Ermordung von rund zweitausend Indianern Amazoniens ging – schenkte man den von der brasilianischen Regierung veröffentlichten offiziellen Zahlen Glauben. Ehrlich gesagt hatte keiner von denen, die ich kannte, je einen Menschen getötet, obwohl ich einräumen muß, daß sich meine Generation in dieser

Romain Gary

Hinsicht vielleicht zu vielen Illusionen hingegeben hat und es durchaus möglich ist, daß der Mensch ein romantisches und poetisches Konstrukt ist, eine künstlerische Schöpfung, die es nicht verträgt, mit der Realität konfrontiert zu werden. Außerdem war es von entscheidender Bedeutung, einen Killer zu finden, der so gut wie nichts über mich wußte und sich schon gar nicht für mich interessierte, denn diese Jungs schrecken notorisch vor Verträgen zurück, die »berühmte« Menschen zum Gegenstand haben, da letztere stets umfangreichere Ermittlungen sowie jede Menge Publicity in den Zeitungen nach sich ziehen. Der einzige Mensch in Los Angeles, dem ich völlig vertrauen konnte, war eine Frau. Ich hatte sie während des Krieges in Khartum kennengelernt. Meine Staffel von Blenheims war auf dem Flugplatz von Gordon's Tree stationiert; wir flogen Bombenangriffe auf die italienischen Truppen in Äthiopien. Sie gehörte zu einer Truppe ungarischer Tänzerinnen, die wegen des Krieges in Khartum festsaß, und arbeitete als »Hosteß« im Nachtklub auf dem Dach des Royal Hotel. Wir hatten eine kurze, ziemlich komplizierte Affäre, denn ich mußte mir ihre Gunst täglich mit zwei, drei Offizieren teilen, wobei diese zahlende Kunden waren, wohingegen unsere Beziehung wirklich rein privater Natur war. Ich war ihr in Los Angeles wiederbegegnet, wohin ich 1961 kam, um ein Drehbuch zu schreiben. Sie war mittlerweile sehr dick geworden, hatte ein schrecklich überpudertes Gesicht, trug immer ein Abendkleid aus orangefarbenem Organdy und hielt einen kleinen, mit Perlmutt verzierten japanischen Fächer in der Hand. Menschen werden im Leben alles mögliche, aber ich hätte nie damit gerechnet, daß Rosie Großpriesterin der »Sekte der Ewigen Wonnen« in Pacific Palisades werden würde, wobei es sich, offen gestanden, um nichts anderes handelte als um ein esoterisches Bordell. Sie befriedigte die Bedürfnisse von Voyeuren und führte als philosophische Begründung an, auch alte oder impotente Menschen hätten Anspruch auf ein bißchen Glück, und ein schönes junges Paar dürfe seine Liebesspiele nicht egoistisch für sich behalten, sondern müsse sie als Geschenk den Einsamen, Häßlichen und Unglücklichen darbieten. Sie war nicht die einzige, die die abgründigen psychischen Bedürfnisse der Benachteiligten bediente, aber sie war schlau oder vielleicht ehrlich genug, ihr Etablissement mit einer satten mystischen Aura zu verbrämen, wobei sie handfeste Anleihen in Babylon und der griechischen Antike, bei den Vestalinnen, den Quellen der Freude, dem Brunnen der Schönheit, den Mitfühlenden und all dem anderen Schnickschnack machte, der notwendig ist, um einem Voyeur das Gefühl zu geben, daß er nichts weiter tut, als einem inneren Kreis von Bewunderern des Lebens beizutreten. Vielleicht hatte sie sogar recht, vielleicht war sie auf ihre Art sogar aufrichtig, keine Ahnung, es ist mir auch egal. Sex ist die harmloseste Beschäftigung der Welt, nur wird er schnell zum Selbstzweck, verliert seinen Zauber und wird zu einer Art Selbstbedienungsladen. Ich besuchte die »Präsenz« – wie die Großpriesterin 1968 in ihrer Einrichtung in Pacific Palisades respektvoll genannt wurde – ein paar Monate, bevor ich mich einer Schönheitsoperation unterzog, damit der Unbekannte, den man eines Tages in einem schäbigen Motel auffinden und dessen Photo garantiert veröffentlicht würde, sie nicht an einen Menschen erinnerte, den sie gut gekannt hatte. Wie auch immer, ihr vertraute ich voll und ganz. Ihr Haus befand sich ganz hinten in einem wundervollen Garten voller Wespen und Rosen, und sie kredenzte mir Pfefferminztee und öffnete das Fenster, als sie bemerkte, wie ich in der von Räucherstäbchen geschwängerten Atmosphäre vor Unwohlsein nach Luft schnappte. Die »glücklichen Gäste« hatten jeder ein eigenes Zimmer, wo sie sich das »herrliche Schauspiel« auf dem hauseigenen Kanal im Fernsehen ansehen konnten. Auch im Salon stand ein Fernseher, und während wir unseren Tee tranken und über die guten alten Zeiten plauderten, teilte ein junges, sehr attraktives Pärchen sein

Außer Atem

Glück großzügig mit dem unsichtbaren Publikum, und das Paar war wirklich ausnehmend schön.

»Sie bekommen dafür kein Geld«, erklärte die »Präsenz« mit Nachdruck und beinahe vorwurfsvoll, als argwöhnte sie, mir könnte ein unschicklicher oder gar lüsterner Gedanke durch den Kopf gegangen sein. »Sie gehören zu unserer Glaubensgemeinschaft und bringen ihr Glück und ihre Schönheit als Opfer dar.«

Ich trank einen Schluck Tee, in dem ein paar Jasminblüten schwammen.

»Das ist sicher besser als LSD oder Heroin«, sagte ich höflich.

»Unsere Kirche erhält zur Zeit dreißig Aufnahmeanträge pro Woche. Aber wir sind sehr vorsichtig, wir sieben sorgfältig aus. Es gibt so viele gestörte Menschen. Wir nehmen nur anständige, ehrliche Leute auf, die der Ansicht sind, daß sie etwas zu geben haben.«

Sie hatte ihren ungarischen Akzent nie abgelegt. Sie sah mich immer noch mißtrauisch an, ihr Kopf wackelte ein wenig. Mit ihrem roten Haar erinnerte sie entfernt an ein Plakat von Toulouse-Lautrec.

»Du wirkst nicht gerade überzeugt«, sagte sie mit leicht grollendem Unterton.

»Ich finde einfach nur, daß es schon genug Religionen und Kirchen gibt«, sagte ich.

»Ah, aber unsere ist anders. Unsere ist schön. Unsere verkörpert wahre Liebe.«

Ich sagte nichts darauf, stellte meine Tasse ab und warf einen Blick auf den Bildschirm. Das junge Paar war äußerst beschäftigt. Es war ein Farbfernseher.

»Ich mag schwarzweiß lieber«, sagte ich.

»Schwarzweiß wirkt immer pornographisch«, entgegnete sie.

Ich saß schweigend da und dachte an die nepalesischen Tempel und ihre hocherotischen Skulpturen. Ach ja. Warum eigentlich nicht? Wahrscheinlich bin ich einfach nur altmodisch. Ich bin nicht mehr auf der Höhe der Zeit, bin rückständig, *dépassé*, wie man auf französisch sagt. Vielleicht war dieser Ort wirklich etwas für Idealisten, denn hier konnten sie ihr Übermaß an Sehnsucht loswerden.

»Du bist ein Puritaner«, fuhr sie fort. »Aber weißt du noch, vor dreißig Jahren?«

»Ich erinnere mich an alles. Ich habe das perfekte Gedächtnis, es ist schrecklich.«

»Du hast nicht nein gesagt zu dem Geld, das ich dir gab, obwohl du genau wußtest, woher es kam. So etwas nennt man einen *Zuhälter*.«

»Damals war Krieg«, wandte ich ein.

Wir lachten beide. Dann erzählte ich ihr, warum ich gekommen war. Sie hörte mir schweigend zu und fächelte sich dabei Luft zu. Der Anblick einer alternden dicken Frau, die sich Luft zufächelt, hat immer etwas Trauriges. Schwacher Kreislauf.

»Bitte, keine Fragen«, sagte ich. »In Erinnerung an die Vergangenheit.«

»Ich bin sprachlos«, sagte sie. »Du enttäuschst mich. Warum erledigst du den Kerl nicht selbst? Damals hättest du nicht gezögert.«

Ich spielte den Beschämten.

»Nun ja, das ist so: Er weiß, daß ich ihn loswerden will.« Das entsprach sogar der Wahrheit.

»Er weiß, daß ich ihn und seine Gesellschaft satt habe.«

Sie nickte verständnisvoll.

»Ein Geschäftskollege?«

»Gewissermaßen.«

Ich staunte, wie nah ich an der Wahrheit blieb. Es war angenehm, eine alte Freundin nicht belügen zu müssen.

»Wie kommst du darauf, daß ich solche Leute kenne?« fragte sie.

»Ich denke, daß du alle und jeden kennst. Außerdem weiß ich, daß du hier eine Menge Freunde hast. Wie geht es Mickey Cohen?«

»Er ist tot«, sagte sie. »Sie haben ihn in eine Falle gelockt und in den Knast gesteckt, und dort haben sie ihn von einem Mithäftling um die Ecke bringen lassen.«

»Und Candy Barr?«

Sie war Ende der fünfziger Jahre die berühmteste Stripteasetänzerin und ein Star der besten Pornofilme gewesen.

»Die sitzt in Texas im Gefängnis. Angeblich hat man in ihrem Wagen Drogen gefunden, was übrigens stimmt, weil sie sie selbst drin versteckt haben.«

Sie nahm eine Zigarette aus einer chinesischen Schachtel, und ich gab ihr Feuer. Ihr Kopf zuckte leicht. Ihr vom Färben sprödes und glanzloses Haar war toupiert, ihre steife Frisur beschwor Visionen vom Leben nach dem Tod herauf und ließ einen an die künstlichen Blumen denken, wie man sie auf Gräber stellt. Ihre Augen hatten diesen scharfsinnigen, finsteren, durch und durch unerbittlichen Ausdruck, der von einer tiefen Kenntnis der menschlichen Natur zeugt. Diese Frau sympathisch zu finden war nicht leicht.

»Das gefällt mir nicht«, sagte sie. »Du warst einer der wenigen echten Männer, die mir je begegnet sind, und jetzt tauchst du hier auf und willst einen anderen die Arbeit machen lassen. Was ist los? Bist du seit neuestem impotent oder was?«

»Stell mir keine Fragen, Mathilda, ich will einem alten Profi wie dir keine Lügenmärchen auftischen. Besorg mir eine Knarre.«

Sie saß eine Weile reglos da und dachte nach. Ihre Aufmachung war zu elegant, zuviel Rot, und

Außer Atem

es kommt der Augenblick im Leben einer Frau, von dem an gilt: je schöner die Kleider, desto stärker der Eindruck, daß sie sich über ihre Trägerin lustig machen.

»Ich schicke dir Muradov.«

Ich traf ihn tags darauf in einem Café in Fairfax. Seinen richtigen Namen kannte ich nicht, aber ich wußte, daß sich die Jugoslawen seit einiger Zeit an der Westküste »niederließen«; genau wie in Pigalle suchten sie sich auf Kosten der Korsen und Algerier ein Plätzchen an der Sonne. Er war ein hagerer, agiler Bursche Ende Dreißig, dessen engstehende Augen seine skrupellose Ausstrahlung noch betonten. Am auffälligsten an ihm war jedoch sein absoluter Mangel an Neugier. Genausogut hätte ich einen Taxifahrer bitten können, mich von Beverley Wilshire nach Captain's Table zu bringen. Er gab mir die Adresse einer Bar, an die ich ein Photo des zu liquidierenden Mannes schicken sollte; den Ort und die günstigste Uhrzeit würde ich ihm vierundzwanzig Stunden zuvor am Telephon mitteilen. Normalerweise hätte ich den komischen Aspekt dieser Unterhaltung mit meinem Mörder genossen, aber ich war etwas müde an diesem Tag, nachdem ich mir die ganze Nacht Sorgen um das Geld gemacht hatte, das für die Kinder und für die psychiatrische Klinik bestimmt war, in der Ilona eingeschlossen war, und mein Sinn für Humor war einigermaßen reduziert. Wir trafen alle notwendigen Vorkehrungen für die Überweisung der vereinbarten Summe, die ich auf Mathildas Konto einzahlen würde, sprachen sämtliche Einzelheiten durch und besiegelten unseren Handel per Handschlag. Ich konnte mich auf ihn verlassen. Er sah aus wie jemand, der wußte, was er tat, und war augenscheinlich um seinen Ruf besorgt. Ich mochte es, wie er mir direkt in die Augen sah, mit festem Blick, in dem das Versprechen einer zielsicheren Hand lag. Gerade wollte er die Drehtür anschieben, als mir plötzlich mein Selbsterhaltungstrieb einen letzten Streich spielte.

»Noch eine letzte Bitte ... Ich wünsche keine halben Sachen. Der Mann, den Sie umbringen sollen, ist einer meiner besten Freunde, ein sehr guter Freund, und ich möchte nicht, daß er leidet. Machen Sie es so, daß er nichts spürt.«

Muradov warf mir einen wütenden Blick zu – das Temperament eines Jugoslawen.

»Für wen halten Sie mich?« knurrte er. »Eine Kugel in den Nacken, er wird überhaupt nichts mitkriegen. Mein Ruf ist mir wichtig, verstanden?«

»Ja, ich weiß, tut mir leid.«

»Schon gut, schon gut, ich verstehe. Er ist Ihr Freund. Wir Jugoslawen wissen, was Freundschaft bedeutet. Er wird nichts spüren.«

Außer Atem

Es war jetzt neun Minuten vor vier, und ich vergewisserte mich, daß die Tür nicht abgeschlossen war. Ich hörte, wie der Wagen parkte, und muß zu meinen Gunsten sagen, daß mein Herzschlag ein-, zweimal aussetzte. Ich wußte, daß sich ein Profi wie Muradov nicht eine Minute verspäten, daß er um punkt vier Uhr hier sein würde. Ich hatte also noch acht Minuten zu leben und wußte nicht so recht, wie ich die Zeit totschlagen sollte. Ich griff nach einem Gedichtband von Auden, aber bei aller Bewunderung für diesen Autor hatte ich trotzdem das Gefühl, daß es zuviel der Ehrenbezeigung wäre, sein Werk kurz vor dem Tod zu lesen. Eine Art typischer literarischer Höhepunkt. Auf dem Nachttisch lag die übliche Bibel, aber mit der Bibel in der Hand zu sterben fand ich in meinem Fall etwas unpassend, und meine Freunde in Paris würden darüber lachen. Ich hatte immer ein Buch meines Lieblingsschriftstellers Puschkin dabei, und schon öffnete ich meinen Koffer, um es herauszunehmen, als mir plötzlich einfiel, daß das angemessenste Buch in dieser Situation das Telephonbuch wäre. Hatte ich nicht mein ganzes Leben damit zugebracht, mich nach jemandem zu sehnen, ohne genau zu wissen, nach wem? Insofern war es nur natürlich, daß man mich nach meinem Tod mit einem Telephonbuch in der Hand auffand.

Ich zog gerade die Nachttischschublade auf, um das Telephonbuch herauszuholen, als ich hörte, wie hinter mir die Tür aufging.

Ich erinnere mich noch, daß ich lächelte, die Augen schloß und abwartete. Das beweist, daß ich wider Willen etwas durcheinander war, denn ich brauchte ein paar Sekunden, um zu begreifen, daß Muradov sich erst einmal versichern würde, ob mein Gesicht auch wirklich das auf dem Photo war, bevor er schoß. Ich erinnere mich, wie ich da stehe, die Hand auf dem Telephonbuch, diesem Buch voller Menschen und Menschlichkeit, mehr als jedes andere Buch auf der Welt, was es zu einer Bibel und würdig machte, den letzten Atemzug eines Humanisten zu begleiten. Ich erinnere mich auch, daß Ilonas Gesicht so, wie es vor fünfundzwanzig Jahren gewesen war, vor mir auftauchte und ihm zu meiner großen Verblüffung zwei oder drei weitere Frauengesichter folgten, die ich völlig vergessen hatte und die nun in meinem Geist Gestalt annahmen, was ich als Offenbarung deutete, als Zeichen dafür, daß ich vielleicht wirklich geliebt hatte. In diesem Augenblick ging mir durch den Kopf: Muradov mußte mein Gesicht sehen, bevor er abdrückte. Also richtete ich mich auf und drehte mich zu ihm um.

Es war gar nicht Muradov.

Außer Atem

Es war das sommersprossige Mädchen aus dem Fuckburger-Paradies.

Titel des unveröffentlichten Manuskripts: *The Jaded I* (Fonds d'archives Romain Gary im IMEC, Paris).

Uneinheitlichkeiten bei Jahreszahlen, Altersangaben, Eigennamen wurden dem Manuskript entsprechend beibehalten.

Aus dem Englischen von Carina von Enzenberg.

Das Gewitter

1935

Hitze! Partolle ließ sich auf den Liegestuhl fallen, erschöpft, wütend, sein Gesicht war geschwollen und schmerzte. Vor der Veranda ragten in der flirrenden, überhitzten Luft reglos die Palmen auf. Wambo, barhäuptig trotz der Sonne, befreite den Weg, der zum Bungalow führte, mit aufreizender Langsamkeit von Unkraut. In der Bucht ankerte Tsu Langs Kutter unweit des Strandes, er bewegte sich kaum und schien auf dem Sand festzusitzen. Keuchend nahm Partolle den Helm ab und fuhr sich mit der Zunge über die Lippen.

»Wambo!« brüllte er.

Er bereute es augenblicklich: Seine Stimme war heiser und kratzig, die Kehle tat schrecklich weh. Wambo stieg die Stufen zur Veranda hinauf. Schweigend wartete er. Partolle hielt ihm seinen Helm hin.

»Du Helm in Küche bringen«, befahl er ihm. »Du ihn meiner Frau geben. Du meiner Frau sagen, soll Helm mit Wasser füllen ...«

Hitze! Müde wischte sich Partolle den Schweiß

vom Gesicht. Kein Windhauch in der Luft. Die Natur war wie tot.

»Du verstehen?«

Er nahm den Siphon und drückte auf den Hebel. Der Siphon gab ein langgezogenes Röcheln von sich: Er war leer. Die Temperatur wurde unerträglich. Übrigens fiel seit zwei Tagen das Barometer, was vollkommen ungewöhnlich war: gut möglich, daß sich über der Insel ein Gewitter zusammenbraute und unversehens auf sie niederging. Doch das war nur ein sehr schwacher Hoffnungsschimmer. Seit zwei Tagen beobachtete Partolle unermüdlich den Himmel, ohne jedoch das geringste verdächtige Anzeichen zu entdecken. Er streckte sich auf dem Liegestuhl aus, verschränkte die Arme im Nacken und schloß die Augen. Als er sie wieder öffnete, stand seine Frau vor ihm.

»Tsu Lang hat schon wieder seinen Boy geschickt«, sagte sie. »Er bittet dich, so schnell wie möglich zu kommen. Es geht ihm nicht gut.«

Partolle fluchte.

»Zum Henker mit ihm!« rief er. »Dieser verfluchte Chinese ist nicht kränker als wir, das kannst du mir glauben, Hélène. Es ist das Opium, das ihn schwindelig macht. Dein Tsu Lang konsumiert diese Droge in absolut ungeheuren Mengen!«

Mühsam erhob sich Partolle. Er grollte. Im Grunde hatte er nichts dagegen, den Chinesen zu

Das Gewitter

besuchen, der ihm sehr sympathisch war. Trotzdem war er ärgerlich, denn er hatte Durst und kam vor Hitze um.

»Wo zum Teufel ist mein Helm?« knurrte er.

Da bemerkte er ihn, er lag neben dem leeren Siphon auf dem Weidentischchen.

»Ich habe ihn mit Wasser gefüllt, wie du es verlangt hast«, sagte Hélène langsam, gleichgültig. »Wambo hat ihn dir gebracht, als du schliefst. Nur, daß er inzwischen schon wieder ganz trocken sein dürfte. Du hast zwei Stunden geschlafen.«

Partolle stülpte sich heftig den Helm auf den Kopf, verließ die Veranda und ging den Weg hinunter.

Tsu Lang wohnte auf der anderen Seite der Bucht. Die Sonne brannte gnadenlos herab. Über Wurzeln stolpernd, schleppte sich Partolle dahin. Er hatte seinen Colt und den Patronengürtel vergessen. Alles war ihm egal. Ein Gewitter ... Das war, zumindest im Augenblick, das einzige, wofür er sich ernsthaft interessieren konnte. Eine kleine Abkühlung! Er fühlte sich krank, am Ende seiner Kräfte. Die Palmen waren noch immer reglos, fast herablassend, und der Himmel so blau, so hoffnungslos klar. Kein Wölkchen am Horizont. Das Meer schlief. Die Bambusstangen sahen aus wie in die Erde gerammte einfache Stöcke. Das Barometer fiel zwar, doch das hieß nicht viel.

Keuchend blieb Partolle stehen und rang nach Atem.

Hélène blickte ihrem Mann nach: Sie sah ihn den steilen Abhang des Hügels hinuntergehen, dann verschwand er plötzlich irgendwo in den Palmenhainen. Sie hatten sich vor vier Jahren auf der Insel niedergelassen: Die Tropensonne hatte in ihm den Mann abgetötet und in ihr die Liebe. Träge streckte sie sich auf dem Liegestuhl aus, den Partolle soeben verlassen hatte. Vor dem Bungalow tat Wambo so, als mache er sich eifrig über das Unkraut auf dem Weg her: Es waren lediglich ein paar Büschel, und mit ein wenig gutem Willen hätte er sie in weniger als einer Stunde beseitigt. Aber Wambo arbeitete nicht wirklich, und das war Hélène klar. Gedankenverloren betrachtete sie die verbrannten Palmwipfel, dann den Himmel. Der Bungalow stand auf einer Anhöhe und thronte gewissermaßen über der sich nach Westen erstreckenden Plantage. Aus den Lagerhallen stieg ein nicht enden wollendes monotones Geräusch herauf; trotz der Hitze sangen die Eingeborenen bei der Arbeit unermüdlich, von morgens bis abends. Hélène wandte den Kopf zum Meer, und plötzlich zuckte sie zusammen: Am Horizont tauchte ein weißer Punkt auf, der rasch die Form eines Dreiecks annahm. Sie verließ ihren Platz, lief in den Bungalow und kam mit einem Fernglas zurück:

Das Gewitter

Kein Zweifel, das konnte nur ein Segel sein. Hélène betrachtete es voller Neugier. Auf die Insel kam nie jemand. Sie legte das Fernglas auf den Weidentisch und wartete ungeduldig. Eine Stunde später lief ein Segelboot in die Bucht ein und ankerte neben Tsu Langs Kutter. Hélène verließ die Veranda und ging innerhalb des eingezäunten Grundstücks hinunter.

»Wambo!« rief sie. »Du zum Segelboot laufen. Du Kapitän bitten, er hierher kommen. Du schnell machen, sehr schnell.«

Gleich darauf wurde ihr bewußt, wie töricht ihr Verhalten war: Von Tsu Langs Bungalow abgesehen war ihrer auf diesem Teil der Insel das einzige Haus, und es war undenkbar, daß der Besucher, wer auch immer er sein mochte, es nicht aufsuchte.

»Du hierbleiben!« rief sie also ungehalten dem Neger zu, der nun gar nichts mehr verstand. »Du hierbleiben und arbeiten! Du nichts tun, ich das sehr wohl sehen. Ich das meinem Mann sagen. Du richtig arbeiten oder zurück in den Busch gehen! Du verstehen.«

Sie kam sich ungerecht vor und errötete vor Scham. Aber Wambo begriff nicht. Er sah sie vertrauensvoll an, lächelte und zupfte ohne große Überzeugung ein paar Büschel heraus, die zu seinen Füßen sprossen.

Romain Gary

Pêche sprang ins Wasser, zog das Beiboot heraus und ließ es auf dem Sand liegen. Als er den Kopf hob, erblickte er den Bungalow. Den Auskünften zufolge, die er bei den Eingeborenen auf Fuji eingeholt hatte, war dies das Haus von Doktor Partolle. Unschlüssig blieb er stehen. Jetzt, wo er gelandet war, wo er die Wahrheit erfahren würde, verließ ihn der Mut, und er brachte es nicht über sich, weiterzugehen. Regungslos stand er im Wasser, das ihm bis zu den Knöcheln reichte, und plötzlich befiel ihn das panische Verlangen, ins Boot zu springen und zu fliehen. Pêche schien um die Vierzig zu sein. Sein von der Sonne verbranntes Gesicht mit den entzündeten roten Augenlidern wurde von einem dichten schwarzen Bart umrahmt. Er hatte keinen Helm auf, was für einen Weißen in dieser Gegend sonderbar war, und, noch sonderbarer: Er trug keine Waffe. Er war athletisch gebaut und strahlte Roheit und Ungestüm aus. Pêche atmete geräuschvoll. Seine blutunterlaufenen blauen Augen fixierten mit einem merkwürdigen Ausdruck den Bungalow, wo er eine weiße Gestalt erkannte. Er zögerte noch einen Augenblick, als mache er einen Rückzieher ... Die Sonne versengte ihm den Kopf, den Hals. Die Hitze stieg in Schwaden vom Boden und vom Meer auf, fiel vom Himmel. Die Palmenhaine badeten in gleißender, schmerzender Helligkeit. Endlich schien Pêche sich einen Ruck zu geben.

Das Gewitter

Langsam ging er auf den Weg zu, der vor ihm lag, und stieg zum Bungalow hinauf. Als er vorbeikam, warf ihm Wambo, der sich hinter einer Kokospalme versteckt hatte, einen mißtrauischen und zugleich höchst neugierigen Blick zu. Pêche schleppte sich mit gesenktem Kopf und geballten Fäusten voran, er hatte etwas von einem Raubtier, das sich für den Kampf wappnet. Schweiß rann ihm übers Gesicht. An der Veranda sah er auf und erschauerte: Vor ihm war eine Frau. Eine weiße Frau ... Die erste, die er seit Jahren sah. Hélène musterte ihn neugierig. Eine starke Unruhe zeichnete sich im Gesicht des Besuchers ab, suchte vergeblich, sich in seinem Blick zu verbergen, und verlieh ihm einen merkwürdigen, verstörten, fiebrigen Ausdruck. Plötzlich ging ihr durch den Kopf, daß er ein entflohener Sträfling sein könnte. Die Strafkolonie befand sich etwas weiter südlich, eine zweitägige Schiffsreise von der Insel entfernt. Pêche schien auf etwas zu warten, zögerte und machte einen Schritt vorwärts.

»Geben Sie mir etwas zu trinken«, röchelte er.

Hélène glaubte aus seiner Stimme noch etwas anderes als Durst herauszuhören: Verzweiflung. Sie schickte Wambo in den Bungalow, um eine Sodaflasche zu holen.

»Kommen Sie von weit her?« erkundigte sie sich.

»Von Fuji.«

Pêche stieg wankend auf die Veranda und leerte sein Glas gierig in einem Zug.

»Ich bin auf die Insel gekommen, um Doktor Partolle zu sprechen. Ich ... ich bin in dringender Angelegenheit hier, in sehr dringender. Er wohnt doch hier, oder?«

»Ich bin seine Frau.«

Pêche grüßte unbeholfen.

»Ich ... Ich heiße Pêche.«

Er stand mitten auf der Veranda und schlenkerte verlegen mit den muskulösen behaarten Armen.

»Ist Ihr Mann da?« fragte er.

»Nein. Er besucht einen Freund, einen kranken Chinesen, der auf der anderen Seite der Bucht wohnt. Er ist in zwei Stunden zurück.«

Schweigen. Pêche erwiderte nichts. Hélène hörte deutlich seinen gehetzten, stoßweisen Atem. Sie wagte nicht, ihm weitere Fragen zu der Angelegenheit zu stellen, die ihn auf die Insel führte, denn sie spürte, daß er ihr nicht antworten würde. Das Grundstück unterhalb der Veranda war leer. Wambo hatte das außergewöhnliche Ereignis eines fremden Besuchers genutzt, um seine Arbeit liegenzulassen. Bestimmt trieb er sich irgendwo auf der Plantage herum. Der Himmel war noch immer hoffnungslos klar: kein Wölkchen. In der Bucht ankerte Pêches Segelboot neben Tsu Langs Kutter, der Mast ragte unbeweglich in die Höhe. Keine

Das Gewitter

Luft zum Atmen. Das Barometer fiel, die Hitze nahm unentwegt zu: Trotzdem kam der Gedanke an ein Gewitter gar nicht erst auf. Dieser Pêche ... Was wollte er auf der Insel? Hélène seufzte. Pêche betrachtete sie verstohlen. Eine weiße Frau ...! Bei ihrem Anblick vergaß er den Grund seines Besuchs. Rasch wanderte sein Blick über ihren ausgestreckten, gleichsam sich selbst überlassenen Körper, ihre prallen Brüste, die ihre Bluse zu durchbohren schienen, ihr Gesicht, ihre Beine ... Er saß breitbeinig und mit entblößter Brust auf einem Stuhl und schwang langsam die behaarten Arme. Der schwarze Bart, die Augen mit den entzündeten Lidern und die stark hervortretenden blauen Adern an seinen Schläfen verliehen ihm etwas Fremdartiges, Unheimliches. Er sah sich um: niemand. Das Grundstück war menschenleer. Da war die Frau, in Reichweite, nackt und weiß unter ihrer Bluse aus grobem Leinen. Das Blut schoß ihm ins Gesicht, überspülte ihn im Bruchteil einer Sekunde: Sein Verstand trübte sich, er dachte nicht mehr, war sich kaum mehr bewußt, was er tat. Mit brausenden Schläfen und plötzlich weichen Knien stand er auf, machte geschmeidig und leicht vorgebeugt ein paar Schritte auf den Liegestuhl zu. In diesem Augenblick hob Hélène den Kopf und sah ihn über sich: riesengroß, gewaltig. Sie witterte unmittelbare Gefahr und wollte aufstehen.

»Wambo!« rief sie.

Da sprang Pêche auf sie. Stumm, wie ein Tier und mit aufeinandergepreßten Lippen drückte er Hélène mit dem Gewicht seines ganzen Körpers auf das Leinentuch des Liegestuhls.

»Lassen Sie mich los!« schrie sie. »Lassen Sie mich los!«

Pêches Bart begrub ihr Gesicht, erstickte sie, nahm ihr die Luft zum Atmen. Sie spürte, wie seine Hände derb ihre Brüste und Hüften streichelten und zu ihren Schenkel hinabwanderten.

»Lassen Sie mich los!«

Pêche hob sie leicht an, um sie fester mit den Armen und mit den Beinen umschließen zu können. Hélène sah seine blauen Augen dicht vor ihren Augen, seine zusammengepreßten Lippen dicht vor ihren Lippen. In ihrem Kopf drehte sich alles, ihre Brust bebte. Plötzlich krümmte sich ihr Körper und streckte sich wieder ... Pêches Atem, sein heißer und zugleich feuchter Atem strich ihr übers Gesicht. Sie schrie, warf sich nach hinten und sank mit zerrissener Bluse, geschundenem Körper und verstörtem Blick zu Boden ...

Pêche stand vor ihr, drauf und dran, sich auf sie zu stürzen. Aus seinem Mund drangen zusammenhanglose Worte. Er keuchte.

Das Gewitter

Partolle betrachtete Tsu Lang: Der Chinese lag bewegungslos auf einem weichen Sofa.

»Hören Sie mir gut zu«, sagte er aufgebracht, »ich sage es Ihnen zum letzten Mal: Schicken Sie Ihre verdammte Droge zum Teufel! Sonst krepieren Sie irgendwann, das verspreche ich Ihnen feierlich. Und rühren Sie das Chinin nicht mehr an, es verschafft Ihnen keine Erleichterung. Das Opium ist an allem schuld, mein Guter, nichts anderes.«

Er zog sein Taschentuch heraus und wischte sich stöhnend das Gesicht ab. Der Chinese, noch immer reglos, sah ihm mit ernüchtertem Lächeln zu.

»Man könnte meinen, Ihnen sei warm ...«, murmelte er spöttisch.

Da platzte Partolle der Kragen.

»Herrgott noch mal!« tobte er. »Man könnte meinen, mir sei ... Sie spüren gar nichts, was? Von Ihrem dreckigen Gift abgesehen, ist Ihnen alles egal! Was mich betrifft, ist die Sache einfach: Wenn sich das Wetter in den nächsten Stunden nicht ändert, werde ich wahnsinnig!«

Träge zeigte Tsu Lang mit dem Finger auf das Barometer.

»Es fällt«, sagte er. »Bald gibt es ein Gewitter.«

»Erzählen Sie mir nichts von einem Gewitter!«

Partolle warf einen erbosten Blick in Richtung Sofa.

»Barometer taugen nur dazu, einen irrezuführen. Es gibt kein Gewitter. Es gibt gar nichts. Wir werden vor Hitze krepieren, bevor auch nur ein Wassertropfen vom Himmel fällt. Tsu, ich möchte raus aus diesem ... diesem verdammten Nest. Ich habe die Nase voll. Ich kann nicht mehr. Ich ... Wenn es Ihnen schlechter geht, schicken Sie mir Ihren Boy!«

Partolle nahm seinen Helm und verließ den Bungalow. Schweigend ging er davon. An der Plantage hielt er kurz an, um ein paar Anweisungen für die letzte Kopraernte zu geben. Plötzlich fiel ihm wieder ein, daß er seine Waffe vergessen hatte, und er musterte die Schwarzen leicht beunruhigt. Doch selbst den Eingeborenen machte die Hitze offenbar zu schaffen. Sie sangen nicht mehr und schienen die Anwesenheit des Weißen nicht einmal bemerkt zu haben. Mühsam setzte Partolle seinen Weg fort: Seine entzündete Haut bereitete ihm bei jedem Schritt, bei der geringsten Bewegung unerträgliche Schmerzen. Als er aufblickte, stellte er mit einem Mal fest, daß der Himmel stellenweise eine merkwürdige weißliche, wattige Färbung angenommen hatte. Vielleicht behielt Tsu Lang am Ende recht: Ein Gewitter schien sich anzukündigen. Partolle schöpfte Hoffnung. Vielleicht würde das Leben zurückkehren. Er ging weiter, nun etwas fröhlicher, fast gutgelaunt. Auf seinem Grundstück angekom-

Das Gewitter

men, blieb er stehen und blickte aufs Meer: In der Bucht lag ein fremdes Segelboot neben Tsu Langs Kutter. Partolle stieß einen erstaunten Pfiff aus. Ein Besucher auf der Insel … Das kam nicht jeden Tag vor! Er vergaß die Hitze, lief auf den Bungalow zu und stieg die Stufen zur Veranda hinauf.

»Hallo!« rief er.

Ein dumpfes Murren antwortete ihm. Pêche stand, die Brust nackt, Bart und Haare zerzaust, neben dem Liegestuhl und schlenkerte merkwürdig mit den Armen, an denen die Adern hervorquollen. Mit sichtlicher Anstrengung sagte er langsam, zögernd: »Doktor Partolle, nehme ich an?«

Partolle musterte ihn neugierig.

»Der bin ich.«

Pêche ließ den Kopf sinken, er schien mit sich zu ringen.

»Ich heiße Pêche«, sagte er. »Ich bin Pflanzer auf Fuji.« Die Stimme versagte ihm, brach, wurde zu einem Murmeln. »Ich wollte … Ich wollte Sie allein sprechen.«

Partolle war verwundert. Der Name des Besuchers sagte ihm nichts. Die Insel Fuji lag rund hundert Seemeilen entfernt, und wenn der Fremde die Überfahrt nur gemacht hatte, um sich mit ihm zu unterhalten, mußte es sich um etwas Ernstes handeln.

»Ich höre.«

Pêche schüttelte den Kopf.

»Ich wollte Sie allein sprechen«, wiederholte er.

Da erst wurde Partolle die Anwesenheit seiner Frau bewußt: Sie lehnte mit aufgestützten Ellbogen am Geländer und kehrte ihnen den Rücken zu.

»Dann seien Sie bitte so freundlich und kommen Sie herein.«

Pêche betrat den Bungalow. Partolle blieb in der Tür kurz stehen und warf noch einmal einen Blick auf den Himmel. Er verdunkelte sich zusehends. Partolle sog die heiße Luft in seine Lungen: Er hatte den Eindruck, daß ein leiser Lufthauch wehte. Er ging hinein.

Hélène fühlte sich fiebrig, am Ende, außer Atem. Trotz aller Anstrengungen gelang es ihr nicht, ihre Gedanken zu ordnen und sich darüber klar zu werden, was gerade geschehen war. Was hatte Pêche zurückgehalten? Diese Frage stellte sie sich immer wieder und fand keine befriedigende Antwort. Als sie auf dem Boden gelegen hatte, mit nackten Brüsten und unfähig, sich zu wehren, warum war Pêche da plötzlich zurückgewichen, hatte die Arme gehoben und aufgeschrien wie ein von der Kugel des Jägers getroffenes Raubtier? Hélène verstand es nicht. Sie hatte quälende Kopfschmerzen. Die Luft um sie herum war stickig, dicht, nicht zu atmen. Und doch schienen die Palmen auf ihrem Grundstück etwas von ihrer Starrheit verloren zu

Das Gewitter

haben: Die gelblichen Blätter bewegten sich sacht. Hélène blickte aufs Meer. Es war von Schaumkronen bedeckt, und jede Welle trug eine weiße Haube wie aus schäumender Milch. In der Bucht begannen Tsu Langs Kutter und Pêches Segelboot auf den Wogen zu schaukeln.

»Hélène!«

Sie fuhr zusammen: Partolle stand auf der Schwelle.

»Ich bitte dich, zu Tsu Lang zu gehen.« Er hob ein wenig die Stimme, als wollte er auch im Innern des Bungalows gehört werden. »Ich habe auf dem Sofa meinen Patronengürtel und meinen Revolver liegenlassen.«

Partolle log; Hélène wußte es genau. Sie hatte ihn am Morgen ohne Waffe und ohne Gürtel weggehen sehen.

»Aber ...«, setzte sie an.

Er fiel ihr jäh ins Wort.

»Ich bitte dich darum!« sagte Partolle mit Nachdruck.

Als er sah, daß sie noch immer zögerte, fügte er leise, fast flüsternd hinzu: »Geh schon ... Ich erkläre es dir später.«

Unversehens mußte Hélène an die Angelegenheit denken, die Pêche auf die Insel führte. Sie stieg langsam die Verandastufen hinab. In der Stimme ihres Mannes hatte ein ängstlicher, verschreckter Unterton gelegen. Andererseits kannte sie ihn als mutigen, zu Wutausbrüchen neigenden Menschen. Für sie lag es auf der Hand, daß ihr Besuch bei Tsu Lang nur ein Vorwand war, um sie vom Haus wegzuschicken. Plötzlich spürte sie, daß sich am Himmel etwas verändert hatte, und hob den Kopf: Über ihr hing eine Wolke, eine dunkle, fast schwarze Wolke. Das Atmen fiel Hélène immer schwerer; die Hitze lastete auf ihrem ganzen Körper. Es war blanker Irrsinn, bei diesem Wetter zu Tsu Lang zu gehen. Das Gewitter würde bestimmt wie immer urplötzlich losbrechen, noch bevor sie den Bungalow des Chinesen erreicht hätte. Unschlüssig und atemlos blieb sie stehen und drehte sich zum Meer um: Pêches Segelboot tanzte wild auf den Wellen; die Fluten verfinsterten sich. Die Luft wirkte reglos, und dennoch schwankten die Palmen und neigten sich zum Boden. Sie drehte um, ging zurück und sah, wie Pêche aus dem Bungalow trat. Er ging zum Strand, wie er gekommen war: barhäuptig, gebeugt, niedergeschlagen. Von weitem sah sie seine Arme, die auf diese besondere Weise schlenkerten, nach rechts, nach links, vor, zurück, als gehörten sie nicht zum Körper, bildeten mit ihm kein Ganzes, sondern wären lediglich mit einem Faden daran befestigt. Er hatte es nicht eilig und schien vom Wandel in der Natur nichts bemerkt zu haben. Ein paar Minuten lang

Das Gewitter

verlor Hélène seine gekrümmte Silhouette aus den Augen: Er befand sich wohl auf dem südlichen Abhang des Hügels, auf dem Weg, der zur Bucht hinunterführte. Als sie ihn erneut sah, stand er bereits bis zu den Knien im Wasser und schob verbissen sein Beiboot ins Meer. Jetzt, vor dem Gewitter, hinauszufahren ... Hélène stieß einen Schrei aus und rannte los. Pêche ließ das Boot los und blickte auf.

»Warten Sie ...«

Hélène sprach mit einer heiseren, schmerzerfüllten Stimme, die sie an sich selbst nicht kannte. Mit aufgelöstem, aschfahlem und von Falten überzogenem Gesicht stand Pêche im Wasser, das Hemd an den Ärmeln zerrissen und naß, und blickte ihr geradewegs in die Augen.

»Was wollen Sie von mir?«

Das Meeresrauschen übertönte seine Stimme; um sich verständlich zu machen, mußte er brüllen, gegen das Getöse anschreien. Sie befanden sich in einer Art Trichter, den das Wasser in den Felsen gegraben hatte. Die Wellen brandeten gegen ihre Füße, warfen sich tosend auf den Strand, überschlugen und brachen sich, zerstäubten zu Sprühregen und erfüllten die Luft mit einem unablässigen Grollen. Hélène machte im weichen, nassen Sand mühsam ein paar unsichere Schritte.

»Wenn Sie jetzt fahren«, rief sie, »werden Sie am Ausgang der Bucht untergegangen sein!«

»Ja, ich weiß ...«

Pêche zuckte müde mit den Schultern. Die Wellen umspülten ihn von allen Seiten, spritzten ihn naß, schlugen gegen das Boot.

»Ich weiß ...! Na und? Was kümmert Sie das schon?«

Hélène antwortete nicht. Sie wußte nicht, was sie dazu trieb, den Mann zurückzuhalten, der über sie hergefallen war und sie mißhandelt hatte. Ja, was kümmerte es sie eigentlich ...? Sie trat auf ihn zu, faßte ihn am Arm und blickte mit glänzenden schwarzen Augen zu ihm auf.

»Fahren Sie nicht«, sagte sie tonlos. »Bleiben Sie. Tun Sie es ... Tun Sie es mir zuliebe.«

Verrückt vor Wut, Schmerz und Verlangen, sah Pêche sie an. Unter ihrer zerrissenen Bluse erkannte er deutlich ihre leicht aufgerichteten Brustspitzen, die zu beben schienen, und die Haut ihrer so weißen Kehle ... Er ballte die Fäuste, schwankte, stieß gegen das Beiboot und wäre um ein Haar ins Wasser gefallen. Dies war die letzte Frau, die er würde besitzen können ... Er würde sterben. Absurd, sich über das Schicksal derer Gedanken zu machen, die zurückbleiben.

»Sie bleiben, nicht wahr?«

Hélène stellte sich dicht vor ihn hin, berührte, ja streifte ihn fast mit ihrem Körper.

Da war es um Pêche geschehen: Er war leichen-

Das Gewitter

blaß und ohnmächtig angesichts der Ungeheuerlichkeit dessen, was er gleich tun würde. Mit verstörtem Blick und verzerrtem Mund nahm er sie in die Arme, drängte sich an sie, legte seine Wange an ihre Brust, vergaß alles ... Hélène machte keine Anstalten, sich zu wehren. Das Meer war aufgewühlt. Das Boot hüpfte und schaukelte in alle Richtungen. Eine Welle warf sie auf den Sand, ins Wasser, einen auf den anderen, einen gegen den anderen ... Das Meer toste.

Als Hélène aus ihrer Benommenheit auftauchte, fühlte sie sich plötzlich einsam und verlassen: Pêche war fort. Sie rief, stand mühsam auf, schleppte sich an den Rand des Felsens und suchte mit den Augen verzweifelt die Bucht ab. Einen Moment lang sah sie das Segelboot, das auf den Wellen auf und ab schaukelte, und glaubte, am Mast eine schmale, reglose Gestalt zu erkennen. Ihr Herz stockte, ihre Gedanken verschwammen ... Was war mit Pêche geschehen? Wozu dieser Selbstmord? Wankend ging sie ins Wasser und klammerte sich dabei an den Felsen, um nicht zu stürzen. Um sie herum herrschte ein gewaltiges Getöse, breitete sich aus, stieg zum Himmel auf. Die Kokospalmen, ja, ganze Palmenhaine wurden vom Wind gebeutelt und schwankten wild in alle Richtungen. Und in dieser Leere immer wieder unerträgliche, heiße, trockene Schwaden ... Ihr schnürte es die Kehle zu.

Keine Luft mehr. Die Lungen verkrampften sich in ihrer Brust. Der Gaumen schwoll an, verursachte einen stechenden Schmerz ... Hélène suchte nach dem Weg, versuchte zu rennen. Die hohen, scharfen Gräser zerschnitten ihre Kleider, verletzten sie an den Armen ... Hinter der Biegung erblickte sie den Bungalow: Partolle war auf das Grundstück hinuntergegangen und steckte gerade den Liegestuhl und das Weidentischchen, die er umgedreht auf den Boden gelegt hatte, in Brand. Beim Klang ihrer Schritte wandte er sich um und sah seine Frau.

»Tsu Lang hatte doch recht!« rief er ihr lachend zu. »Jetzt ist das Gewitter da, sieh nur!«

Mit dem Finger zeigte er zum Himmel.

»Wie konntest du Pêche gehen lassen?!«

Hélène wurde von gewaltigem Groll erfaßt, einem verrückten Verlangen, zu stöhnen und zu schreien. Tränen liefen aus ihren Augen und rannen die Wangen hinab. An ihrem ganzen Körper spürte sie noch Pêches Berührungen, seine Küsse auf ihrem Mund, ihren Brüsten, seine fiebrigen Hände, die ihr Gesicht streichelten.

Regungslos, mit geballten Fäusten und von Haß und Verzweiflung verzerrten Zügen sah sie ihren Mann an und sagte langsam, gequält zu ihm: »Für ihn bedeutet es den Tod ... Das weißt du ... Das wußtest du ...«

Das Gewitter

Partolle hob die Schultern und ließ den Kopf sinken.

»Der arme Kerl!« murmelte er.

In seiner Stimme schwangen aufrichtiges Mitleid, Bedauern, ja, Verständnis mit.

»Aber warum –«

Ein entsetzliches Krachen hinderte Hélène am Weitersprechen: Irgendwo im Palmenhain hatte der Blitz eingeschlagen. Dann war plötzlich alles still. Es war eine andächtige, absolute, unermeßliche Stille ... Nichts regte sich. Partolle spürte, wie sich seine Nerven bis zum Zerreißen spannten. Mit klopfendem Herzen und bebenden Nasenflügeln wartete er ab: Das Gewitter würde über der Insel niedergehen. Noch ... noch dreißig Sekunden ... Nichts regte sich. Er sah seine Frau an und wunderte sich, daß sie so blaß und aufgelöst aussah. Am liebsten hätte er sie in den Arm genommen, sie gestreichelt, ihre bleichen Wangen geküßt, aber er traute sich nicht.

»Ich habe dich zu Tsu Lang geschickt«, sagte er, »weil ich nicht wollte, daß du noch einmal diesem ... diesem Pêche begegnest. Ich wollte nicht, daß du dich von ihm verabschiedest. Er hat dir sicher nicht den Grund seines Besuchs gesagt ...«

Ein paar Wassertropfen fielen auf den Boden.

»Er ist zu mir gekommen, weil er wußte, daß ich Arzt bin. Er hatte einen Verdacht, einen durchaus begründeten übrigens.« Mit unbeschreiblicher Freude spürte Partolle, wie die kühlen Regentropfen sein Gesicht benetzten und an seinem Hals hinabrannen. »Er hat sich bei den Eingeborenen auf Fuji die Lepra eingefangen. Sie ist dort ziemlich verbreitet, mußt du wissen. Hier übrigens ... Was hast du, Hélène ...? Aber ... Was hast du, sag schon, was hast du? ...«

Blitze zerfurchten den Himmel ... Ein dumpfes Grollen ließ den Bungalow plötzlich bis zum Dach erbeben.

Diese erste Erzählung von Romain Gary, die er im Alter von zwanzig Jahren verfaßte, erschien erstmals am 15. Februar 1935 unter dem Titel *L'Orage* in der Zeitschrift *Gringoire*.

Aus dem Französischen von Carina von Enzenberg.

Menschliche Geographie

1943

Sie waren im Offizierskasino von C.s Camp mitten in England versammelt. Natürlich regnete es. Nach zweijährigem Kampfeinsatz in Afrika – vom Tschad nach Gabun, von Abessinien nach Südlibyen, von Eritrea an den Ubangi, von Khartum in die Cyrenaika – waren die Flieger zurückgekehrt, zwar nicht »at home«, doch zumindest »next door to it«, wie unsere britischen Freunde sagten und was soviel bedeutet wie »gleich nebenan«.

Frierend drängten sie sich um den kümmerlichen Ofen. Sie fröstelten – welche Ironie – vor einer Landkarte von Afrika.

Plötzlich sagte einer von ihnen: »Leclerc müßte gerade in Tunesien sein.«

Aus den Augenwinkeln schätzten sie die zurückgelegte Strecke ab.

»Fort Lamy«, sagte C. und tippte mit dem Zeigefinger auf die Karte, oberhalb des herzförmigen blauen Flecks, der den Tschadsee darstellte, »erinnert ihr euch noch an das Kasino im Hôtel de l'Air? Über dem Tisch hing ein altes Plakat der Sabena. Es war zu Friedenszeiten entworfen worden und hatte für uns eine makabre Nebenbedeutung angenommen: Eine junge Frau und ein Kind blickten voller Zuversicht einem Flugzeug nach, das sich am hoffnungslos blauen Himmel entfernte. *Er kommt bald zurück, er reist mit dem Flugzeug* stand unter dem Plakat. Wir mußten dabei unweigerlich an all die Kameraden denken, die dieses Plakat ebenfalls gesehen hatten und die eines Tages mit dem Flugzeug aufgebrochen und nie zurückgekehrt –«

»Unianga Kebir ist natürlich nicht auf der Karte«, fiel ihm T. ins Wort. »Dabei sind wir von dort gestartet, um Kufra und Murzuk anzugreifen ...«

Unianga – das war ein kleines Fort unter einer großen Flagge: ein winziger See, Kamele, Kamelfladen, Kameltreiber. Nachts gab es außerdem Sterne und Mücken. Von Unianga aus waren eines Morgens drei Blenheims nach Norden gestartet, über die »schrecklichste Wüste der Welt«, wie es in den Zeitungen heißt, und das muß wohl stimmen, denn kein Journalist ist je dort gewesen.

Nur eine Blenheim bombardierte Kufra drei Stunden später, zerstörte die Hangars und beschoß mit dem Maschinengewehr die Flugzeuge am Boden. Die zweite, die von B., hatte eine Bauchlandung gemacht ... »Meine rechte Mühle hatte den Geist aufgegeben«, erklärt B. Er wurde gefunden.

Menschliche Geographie

Aber niemand hat je erfahren, was aus der dritten Blenheim geworden ist. Etwa eine halbe Stunde lang fing man Funksprüche auf: »Wir sind verloren ... Wir sind verloren ... Wir sind verloren ...«

Dann nichts mehr. Sie hatten Proviant und Wasser für vierzehn Tage. Danach ...

»Am nächsten Morgen griffen vier weitere Blenheims Kufra an. R. bombardierte das Fort im Tiefflug. Der Funker sah, wie ihn die Maschinengewehre vom Boden aus mit ihren Auswürfen verfolgten. Es kam ihm so vor, als wären es mehrere hundert und als würden sie ihn persönlich aufs Korn nehmen. Sein Mikro wurde von einem Geschoß zerfetzt, und ein Bleistückchen setzte sich behutsam in seiner Nase fest. Und da M. eitel ist wie ein Pfau –«

»Ich mag es nicht«, unterbricht ihn M., »wenn man schlecht über Abwesende spricht!«

»– und da M. eitel ist wie ein Pfau, hat er es nie entfernen lassen. Für ihn ist dieser kleine Splitter wie ein weiteres Abzeichen an seinem Verdienstkreuz.«

Alle Blicke wandern zu M.s Nase, doch der hat sie in seinem Taschentuch vergraben. Er gibt ein paar heisere Geräusche von sich, die zur Not als Niesen durchgehen können. D. hat Erbarmen mit ihm und lenkt die Aufmerksamkeit auf ein anderes Thema:

»Der Brunnen von Sarah ist auch nicht auf der Karte. Erinnert ihr euch noch? Wir nannten ihn ›Brunnen der Einsamkeit‹. Angeblich befindet er sich irgendwo zwischen Kufra und Unianga. Um diesen Brunnen rankte sich eine Art Legende. Es hieß, er sei eine Erfindung des Teufels, um die Kamele zum Träumen zu bringen und die Flieger in die Irre zu leiten ...«

»Er war keine Erfindung. D. ist dort eines Tages mit einer Lysander runtergegangen, ohne Zeugen.«

»Und D. ist ein vertrauenswürdiger Mann«, bekräftigte D. würdevoll.

»Auf jeden Fall hat der Brunnen von Sarah zwei Australiern kurz vor der Einnahme von Kufra das Leben gerettet und einen dritten umgebracht. Es war ihnen gelungen, aus einem kleinen Fort auszubrechen, in dem die Italiener sie gefangengehalten hatten. Zwei Liter Wasser für drei Mann, vierhundert Kilometer zu Fuß, ein winziger Punkt mitten in der Unendlichkeit, den sie finden mußten. Und sie fanden ihn. P. war dort, er war vollauf damit beschäftigt, einen Notlandeplatz zu markieren. Ich weiß nicht, was er gesagt hat, als er die drei wankenden Gestalten aus dem Nichts auftauchen sah ...«

»Gar nichts hat er gesagt«, schaltet sich P. ein. »Er war viel zu sehr damit beschäftigt, sich mit den

Menschliche Geographie

drei Männern herumzuschlagen. Zwei von ihnen konnte er davon abhalten, sich umzubringen, aber der dritte war zu flink. Er stürzte sich auf das Wasser und trank gierig zwei, drei große Schlucke, genau die nötige Menge, um auf der Stelle tot umzufallen ... In den letzten Monaten sind jeden Tag Flugzeuge der Bretagne-Truppe am Brunnen von Sarah gelandet. Die Garnison wurde daraufhin beachtlich verstärkt: Man besetzte sie mit zwei Mann.«

Aber Pironies Worte haben auf die Männer keine Wirkung. Seine Witze sind ein wenig abgedroschen. Abrupt wird das Thema gewechselt.

»Ist die Besatzung, die Kufra als erste bombardiert hat, nicht vier Monate später im überschwemmten Urwald abgestürzt?«

»Ja, im Mittleren Kongo. Nur der Funker überlebte. Ein Bein war gebrochen, er konnte sich nicht bewegen und wurde von roten Ameisen und Tsetsefliegen regelrecht gefoltert. Volle vierundzwanzig Stunden lag er in Gesellschaft der Toten unter den Flugzeugtrümmern. Von Zeit zu Zeit feuerte er eine Maschinengewehrsalve ab, aber die verschreckte die Pygmäen aus dem Nachbardorf, anstatt sie anzulocken. Schließlich wurde er doch aufgesammelt und in einer Piroge langsam zum nächsten weißen Posten gebracht. Dort ließ er seine Kameraden beerdigen. Irgendwo hier ...«

Ein Finger fährt zögernd den Ubangifluß im Süden von Ibn Fondo entlang ... Drei Gräber.

Kurzes Schweigen.

»Und was gibt es nun in dieser berühmten Wüste zu sehen?« fragt Der-noch-nie-da-war rasch.

»Nichts, mein Freund, nichts. Im wahrsten Sinn des Wortes. Doch, halt ... Wenn ihr dem fünfzehnten Breitengrad von Unianga aus hundert Meilen folgt, seht ihr einen Busch, der dort wächst ... Das ist alles. Die einzige Gnade, die diese Wüste den Fliegern erweist, ist die Tatsache, daß sie überall runtergehen und wieder starten können. Ihr erinnert euch bestimmt alle an die Geschichte vom alten D. und seiner Baskenmütze ...«

Der »alte« D. stößt mit seiner schönen Baritonstimme, die sämtliche Kriegsschauplätze hatte erbeben lassen, ein paar Flüche aus.

»Wenn die jungen Leute von heute nur halb so viel Mumm in den Knochen hätten wie die Alten von meinem Schlag ...«

»Schon gut, schon gut«, sagt C. in dem beschwichtigenden Ton, den man anschlägt, wenn man mit Kindern oder Veteranen des »anderen« Kriegs redet. »Kurzum, D. verband damals die verschiedenen ›nördlichen Posten‹ miteinander. Er transportierte Verletzte und Whisky ebenso wie

Menschliche Geographie

frisches Gemüse und Post. Er verflog sich regelmäßig, kehrte aber immer zurück, manchmal zu Fuß. Nie aber brach er ohne seinen Fetisch auf, die Baskenmütze. Als er eines Tages mit dem Kommandanten seines Geschwaders Patrouille flog, riß ihm ein Windstoß die berühmte Mütze vom Kopf. Sofort schlug D. mit den Flügeln, um seinem Patrouillechef klarzumachen, daß er schwerwiegende Probleme habe, und machte Jagd auf seine abtrünnige Mütze. Dafür bekam er acht Tage Arrest wegen ›Durchführung einer gewagten Landung auf dem Land, um einen für die Funktionstüchtigkeit des Flugzeugs nicht unentbehrlichen Gegenstand zu bergen‹.«

»Das ist verleumderisch«, brüllt D., »verleumderisch und unrichtig …!«

Aber sein Protest verhallt ungehört. Eine andere Anekdote macht bereits die Runde, und zwar die von M. aus der Bretagne-Truppe, der nie ohne seinen Sextanten aufbrach.

»Ich auch nicht«, brummt D.

»Ja, aber M. konnte damit umgehen. Eines Tages verfliegt er sich irgendwo westlich von Faza. Er geht also runter und bestimmt unter den skeptischen Blicken des Mechanikers und Funkers, die sich nach guter alter französischer Sitte auf ihren Riecher verlassen, die Position. Dann startet er, landet nach einer Stunde wieder und ermittelt unter den nun nicht mehr skeptischen, sondern beklommenen Blicken seiner Besatzungsmitglieder erneut die Position. Noch eine Stunde Flug, noch eine Landung, noch eine Positionsbestimmung unter den verzweifelten Blicken der beiden anderen. Letzte Flugstunde, letzte Landung ... kein Sprit mehr. Wieder nimmt M. den Sextanten zur Hand, stellt Berechnungen an. Der Funker knirscht mit den Zähnen, der Mechaniker ballt die Fäuste. Aber M. läßt sich nicht beirren: ›Wir sind nur noch zwanzig Kilometer von Fort Lamy entfernt‹, verkündet er seelenruhig. In diesem Augenblick sehen sie einen Schwarzen auftauchen.«

»Mir kam es vor, als würde ich gleichzeitig meine Frau, meine Mutter und meine beiden Kinder sehen«, berichtete der Funker später.

Von diesem Tag an brachen der Mechaniker und der Funker nie mehr ohne Sextanten auf. »Beim Navigieren hilft er überhaupt nicht«, behaupten sie hartnäckig, »aber er bringt Glück.«

Jetzt ergreift C. das Wort:

»Der erste See, den wir nach dem Tschadsee sahen, war der Tanasee in Abessinien. In der Gegend wurde einer der beiden Überlebenden einer französischen Maschine des Aden-Geschwaders von den Italienern gefangengenommen. Einzelhaft, Mörderkost: Brot und Wasser. Sehr wenig Wasser ... Man macht ihm den Prozeß und ver-

Menschliche Geographie

urteilt ihn zum Tod. Jeden Tag kündigt man ihm seine Hinrichtung für den nächsten Tag an. Und jeden Tag rasiert sich N., denn er möchte sauber sterben. Jeden Tag fügt er dem moralischen Leitfaden, den er für die Nachwelt niedergeschrieben hat, einen Absatz hinzu und wartet darauf, daß seine Stunde schlägt. Sechs Monate dauert das Spielchen, dann wird er von den in Addis Abbeba einmarschierenden britischen Truppen befreit. Seit dem Tag glaubt N. nicht mehr an den Tod ...«

N., der in einer Ecke des Raums sitzt, stürzt sich auf ein Stück Holz und klopft dreimal darauf.

»Wie kann man so etwas sagen? Wie kann man so etwas sagen ...?«

Vielleicht hatte man diese Geschichte auch B. erzählt, der über der Wüste von Fezzan abgeschossen wurde. B., der Unverwundbare, der einmal einem Geschwader aus fünfzehn Messerschmitts entkommen war, während er Faxen am Mikro machte, um seinen Piloten bei Laune zu halten.

»An dem Tag hatte er jedenfalls seine Bomben über dem Ziel abgeworfen ...«

Alle verstummen. Draußen klopft noch immer der gute alte englische Regen an die Fenster. Die Wüste ist weit weg, und der heulende Wind scheint sie den Vergeßlichen in Erinnerung bringen zu wollen. Ein ganz anderer Himmel erwartet sie draußen ...

Romain Gary

»Im Rauchsalon hat man offenbar gerade eine gute Deutschlandkarte aufgehängt«, meint plötzlich einer ...

Titel der Originalerzählung: *Géographie humaine*; veröffentlicht am 7. März 1943 unter dem Namen »A. Cary« (vermutlich Lesefehler der handgeschriebenen Unterschrift »R. Gary«) in *La Marseillaise.*

Aus dem Französischen von Carina von Enzenberg.

Zehn Jahre danach oder
Die älteste Geschichte der Welt

1943/1967

Geschrieben im Jahr 1943. Ich war damals noch nicht einmal achtundzwanzig. Ich habe nichts an diesem Text geändert, aus Respekt vor der Erinnerung an jene, die in diesen Zeilen erwähnt werden und die nicht mehr sind ... Der, den ich Nicolas Wappi nannte, ist wenige Jahre nach dem Krieg beim Start ums Leben gekommen, und der Sohn, Arnaud Langer, Pilot bei der Union Aéromaritime de Transport (UAT), wurde während eines Tornados beim Landeanflug auf Fort Lamy am Steuer seines Flugzeugs vom Blitz erschlagen. Ich habe nichts am Text geändert, weil ich so das Gefühl habe, daß sie noch leben. Wie weit weg das alles ist! Was bleibt, ist nur die Erinnerung. Die Erinnerung an ihre jungen Gesichter, die nie altern werden.

Nach dem Dessert zogen sich die Damen zurück. Die Frau des Obersts rief uns freundschaftlich zu: »Jetzt können Sie ungestört über die guten alten Zeiten plaudern!« und schloß die Tür. Der eine oder andere lachte verlegen. Wir sahen uns an. »Wie alt und häßlich alle geworden sind!« dachten wir mitleidig. Bobosse, zum Beispiel, hatte eine Glatze und einen kleinen Schmerbauch, Barbi wirkte abgekämpft, sein Gesicht hatte den verstörten, verschreckten Ausdruck, wie man ihn von Vätern kinderreicher Familien kennt. Kaffee und Likör wurden vom Oberst selbst serviert. Im Unterschied zu vielen von uns – Sinis eigenen Aussagen zufolge überlebte er nur dank der Essensrationen, die er in seinen »großen« Zeiten hatte beiseite schaffen können – hatte Dodo Arbeit, er handelte in den warmen Ländern mit Zuckerrohr, und niemand hatte es je gewagt, mich direkt ins Gesicht zu fragen, woraus ich meine Einkünfte bezog. Im Unterschied zu den meisten von uns hatte es der Oberst trotz der harten Zeiten zu etwas gebracht: Er leitete ein zwar bescheidenes, aber florierendes Taxiunternehmen in Clichy. Seine Wohnung lag über der Garage, und dort hatten wir, seine ehemaligen Besatzungsmitglieder, uns an jenem Abend versammelt, um uns über die Schäden auszutauschen, die das Leben hinterlassen hat, und über die alten Zeiten zu reden. Wir hatten es uns zur Regel gemacht, nie mit Fremden darüber zu sprechen. Das Thema war schon seit langem nicht mehr in Mode. Wir selbst waren auch nicht wirklich beliebt: Die Welt war uns etwas schuldig und wollte nicht gern daran erinnert werden. Der Oberst ließ eine Zigarrenkiste kreisen.

Zehn Jahre danach

»Ich habe eine Karte von Nicolas Wappi erhalten«, sagte er und verrührte den Zucker in seinem Kaffee. »Er kommt gut zurecht – wie ihr alle, hoffe ich?«

Das war eine Aufforderung zu Vertraulichkeiten. Aber wir waren noch auf der Hut. Etwas fehlte noch, ein belangloses Detail – eine gemeinsame Erinnerung, geteiltes Leid oder geteilte Freude, etwas, was einem plötzlich das Herz öffnete. Uns fiel lediglich auf, daß die drei aus Saint-Cyr ihre rissigen, abgelaufenen Schuhe nervös unter den Stühlen versteckten.

»Er lebt jetzt in Berlin«, fuhr der Oberst fort. »Er führt Touristen durch die Ruinen, mit dem Bus.«

»Ich kann mir sehr gut vorstellen, was für eine Geschichte ihnen Nicolas Wappi auftischt!« höhnte Le Père. »Hier, meine Damen und Herren, stand früher die Bismarck-Statue ... Ich hatte das Vergnügen, sie im Tiefflug mit einem Volltreffer in die Luft zu jagen.«

Wir gaben ein paar nachsichtige Gluckser von uns.

»Lächerlich!« murmelte ich mit einem mitleidigen Seufzer.

Trois Pièces drehte die Augen zum Himmel.

»Nicolas Wappi hat die Bismarck-Statue in die Luft gejagt! Ha, ha, ha!«

»Wirklich sehr witzig!« spottete ich.

»Unglaublich!« setzte Barbi noch eins drauf.
Wir schwiegen einen Augenblick.
»Ich glaube«, sagte Grandes Feuilles schließlich, »wir sind uns alle darüber einig, daß ich die Bismarck-Statue zerstört habe, oder nicht?«
Ich hustete.
»Ich möchte dir nicht zu nahe treten, altes Haus ... Aber ich habe Photos mitgebracht!«
»Entschuldigung!« brüllte Grandes Feuilles. »Entschuldigung!«
»Aber, aber, meine Herren!« schaltete sich der Oberst ein. »Ihr werdet euch doch nicht wegen einer zehn Jahre alten Geschichte aufregen! Außerdem waren an jenem Tag mindestens zweiunddreißig Mannschaften von uns über Berlin unterwegs ...«
Er trank einen Schluck Kaffee.
»Im übrigen«, sagte er schüchtern, »war ich in jener Nacht selbst dort, und ...«
Wir sahen ihn an.
»Nehmt doch noch einen Likör!« sagte er mit einem Seufzer.
Wir tranken.
»Apropos«, sagte der Oberst mit bewundernder Miene, »offenbar ist Jeannot neulich mit einem Aeroplan geflogen.«
Wir bekundeten grenzenlose Bewunderung. Nahmen die Zigarren aus dem Mund. Umringten

Zehn Jahre danach

Jeannot voll stummem Respekt und verehrten ihn schweigend.

»Oh, nur eine Lufttaufe!« meinte Jeannot und errötete freudig. »Hat nicht mal zehn Minuten gedauert!«

»Erzähl schon!«

»Na ja«, sagte Jeannot leise, »es ist ein merkwürdiges Gefühl. Zuerst ist man beeindruckt, vor allem, wenn das Flugzeug ... wie sagt man noch?«

»Abhebt!« rief Le Père stolz.

»Genau, wenn das Flugzeug abhebt ... Da hat man kurz Angst, aber man gewöhnt sich schnell daran, und dann, na ja, dann ist es ziemlich angenehm ...«

Wir gaben ein paar höhnische Lacher von uns, ohne echte Heiterkeit. Dann schwieg alles. Zum Glück hieß es in diesem Augenblick, jemand aus der Autowerkstatt wolle mit dem Oberst sprechen. Der Besucher wurde hereingeführt. Ausrufe der Überraschung und Freude begrüßten ihn. Es war Gati-Gata. Man sagte, er solle sich setzen. Gab ihm zu trinken. Bot ihm eine Zigarre an.

»Komm schon, Gati-Gata, arbeite mit mir zusammen«, sagte der Oberst. »Im Grunde sind wir sowieso Partner. Es ist schön, die alten Kameraden wiederzusehen, was, Gati?«

»Kommt drauf an«, sagte Gati-Gata, liebenswürdig wie immer. »Ich wollte Ihnen berichten, Herr Oberst, daß ›B for Bitch‹ missing ist.«

Wir sahen uns an. Trauten unseren Ohren nicht.

»Wer ist das?« fragte ich mit zugeschnürter Kehle.

»Minôs ...«

»Minôs«, rief jemand, »die Ambulanz?«

Man hatte dem großen Minôs den Spitznamen »die Ambulanz« gegeben, nachdem er fünfmal eine halbtote Besatzung aus Deutschland zurückgebracht hatte.

»Genau der«, sagte der Oberst. »Noch andere Neuigkeiten?«

»Z for Zebra ist gegen eine Gaslaterne gefahren, Herr Oberst.«

»Wer ist der Pilot?« erkundigte sich Bobosse.

»Le Fils. Er arbeitet seit acht Tagen für mich. Ich habe ihn zufällig getroffen ...«

Der Oberst kaute traurig auf seiner Zigarre herum.

»Er verkaufte Krawatten an der Place de l'Opéra.«

Er gab ein paar Befehle.

»Schickt eine Patrouille auf die Suche nach Minôs. Er muß irgendwo in Montparnasse im Straßengraben gelandet sein. Ist Pierrette verfügbar?«

Zehn Jahre danach

»Er ist von der Fliegerei suspendiert, Herr Oberst. Wegen überhöhter Geschwindigkeit. Lucchi dagegen ...«

»Was ist jetzt wieder mit Lucchi passiert?« schrien wir, aufs Schlimmste gefaßt.

»Diesmal wurde er eingesperrt!«

Schweigen, dann Geschrei, schreckliches, aufgeregtes Gefluche.

»Er ist in ein Schaufenster gefahren. Er konnte es sich nicht verkneifen. Es war ein Reisebüro: ›Besuchen Sie Deutschland‹. Er wurde mit auf die Wache genommen.«

»Wie Sir Charles«, sagte der Oberst. »Er kann nicht durch die Stadt fahren, ohne etwas zu demolieren. Er sagt, er hätte sonst das Gefühl, zur Basis zurückzufliegen, ohne seine Bomben abgeworfen zu haben.«

Er drehte sich zu uns um.

»Apropos, wir brauchen Piloten. Habt ihr keine Lust, mitzumachen, na?«

»Einverstanden!« brüllten wir und hoben die Gläser. »Wir machen mit. Auf das Wohl der Lothringen-Truppe.«

Wir tranken, sangen zwei *Papa Jules* und drei *Grosse moustache de Dudule*.

»Wie sieht die Bilanz des Abends aus, Gati?«

»Die Truppe hatte heute fünfzehn Einsätze«, berichtete Gati-Gata, der, wen wundert's, schon leicht beschwipst wirkte. »Unsere Piloten haben zwei Radfahrer abgeschossen, einen sicher und einen wahrscheinlich. Die Schäden sind eher unbedeutend: Le Fils hat einen Strafzettel kassiert.«

»Und Le Père, was ist aus ihm geworden?«

»Oh, der arbeitet noch immer an seinem Abschluß an der Polytechnique. Übrigens hat mir Le Fils neulich eine sonderbare Geschichte erzählt. Ihr kennt ja alle Le Fils, und natürlich muß man bei ihm Abstriche machen, weil er übertreibt ...

Kurzum, Le Fils und seine Mannschaft hatten bei Kriegsende ein Gelübde abgelegt. Sie hatten geschworen, sich zehn Jahre nach dem Waffenstillstand in Berlin vollaufen zu lassen. Am fraglichen Tag fahren sie mit dem Auto hin. Mit der Karte in der Hand erreichen sie die Gegend, wo früher Berlin war. Sie sehen sich um: nichts, überall Felder, nicht ein Stein. Le Fils fängt schon an, seinen Navigator zu beschimpfen, als sie mitten auf den Feldern eine Kuh und einen jungen Hirten erblicken ... Sie befragen den Kuhhirten. ›Berlin? Berlin?‹ wiederholen sie um die Wette.

Der Hirte überlegt ein Weilchen, kratzt sich am Kopf und sagt dann mit starkem russischem Akzent auf englisch: ›Berlin? Berlin? Never heard of it.‹«

Einer pfiff bewundernd.

Zehn Jahre danach

»Eine starke Geschichte«, meinte Monsieur Georges anerkennend. »Sogar für Le Fils!«

»Le Fils und seine Mannschaft nahmen die Hüte ab, legten eine Schweigeminute ein, ließen die Kuh melken und tranken jeder ein Glas Milch auf das Wohl der ausradierten Stadt ... Anschließend hielten sie vor dem Hirten eine hochtrabende Rede über das zukünftige landwirtschaftliche und patriarchalische Deutschland, in dem er, ein friedliebender Hirte, eine tragende Rolle zu spielen hätte ...

Da rief der Hirte plötzlich: ›Berlin, Berlin? Ich Dummkopf!‹ Er streckte die Hand aus. ›Das ist doch der Name der neuen Stadt, die auf den Feldern gebaut wird ... Der Führer hat heute den Grundstein gelegt!‹«

»Der Führer?« stammelte jemand. »Der Führer?«

Schweigend gingen wir auseinander.

Bobosse: Ibos
Barbi: Barberon
Dodo: Patureau
Nicolas Wappi: Charbonneau
Le Père: Langer Marcel
Trois Pièces: Allégret
Grandes Feuilles: Sommer
Jeannot: Jean Edmond

Romain Gary

Gati-Gata: Gatissou
Minôs: Minost
Le Fils: Langer Arnaud
Pierrette: Pierre Pierre
Sir Charles: Hennecart
M. Georges: Goychman
Sini: Sinibaldi

Titel der Originalerzählung: *Dix ans après ou la plus vielle histoire du monde*; erschienen im Winter 1967/68 in der Nr. 44 der Zeitschrift *Icare*.

Aus dem Französischen von Carina von Enzenberg.

Sergeant Gnama

1946

1941 ergoß sich der Schari in den Tschadsee. Wie es heute damit steht, weiß ich nicht. Die Welt hat sich derart verändert! So viele Hoffnungen sind zerronnen, so viele Träume sind zunichte gemacht worden, so viele Freunde haben verraten, daß nichts mehr gewiß ist: Vielleicht hat die Welt selbst ihr Antlitz verändert. 1941 jedoch war die Hoffnung lebendig, waren die Träume glühend und rein, man kannte den Namen der Freunde, und der Schari ergoß sich in den Tschadsee.

An jenem Januartag waren wir zu siebt: sieben Männer auf dem Fluß. Die Walfänger tuckerten gemächlich unter der Sonne. Die Hippos, feiste, aufgeblasene Buttdärme, streckten die Ohren aus dem Wasser, tauchten dann unter. Die Pelikane flogen flatternd auf, klatschten mit den Füßen das Wasser, zogen das Fahrgestell ein und hoben ab. Die Kaimane an den Ufern glichen kahlen Baumstämmen. Die Kameraden schliefen in der Kabine. Von Fort-Archambaud nach Fort Lamy mußte man mit dem Walfänger zehn Tage rechnen, und weiß Gott, wie eilig wir es hatten: Unsere Blenheims erwarteten uns in Fort Lamy, und Koufra war immer noch in den Händen der Italiener.

»Hört ihr?« fragte einer.

Auf Deck sang ein Neger. Es war eine Art arabische Kantilene, traurig und verworren wir ihr Abendgebet.

»Das sind französische Wörter ...«, sagte Paul-Louis.

Ich stand auf und streckte den Kopf durch die Luke. Paul-Louis' Boy kauerte auf dem Deck. Er wandte mir den Rücken zu. Er schuppte eifrig einen Kapitänsfisch. Die Sonne ging unter, und ich sah einen Moment lang seinen schwarzen Krauskopf genau in der Mitte der roten Scheibe. Sein Körper zitterte leicht im Rhythmus des Walfängers.

Paul-Louis streckte den Kopf aus dem Schatten. »Es ist mein Boy«, murmelte er. »Aber er spricht doch nicht mal Französisch ...«

Dennoch: dies sang also ein schwarzer Boy aus dem Stamm der Sahra, der nicht Französisch sprach, in jenem Januar 1941 in der Mitte des Schari:

Nos mères pleurent sur la dalle
Tous nos frères sont prisonniers
La France entre des mains sales
Mais nous sommes les justiciers

... Frankreich in schmutz'gen Händen, doch wir werden Rache nehm'n ... »Kneif mich«, flüsterte Paul-Louis.

Ich hab ihn gekniffen. Ich hab ihn sogar fest kneifen müssen, während er ergriffen vor sich hin fluchte. Der Boy sang immer noch. Man verstand die entstellten, mit der Stimme verfließenden Worte kaum, doch er sang, ohne Atem zu holen, sang immer weiter wie eine gesprungene Schallplatte, und die Worte ließen sich nur mühsam herausfischen.

Les vengeurs et les sans trêve
Les cruels, les sans-merci
Nous n'avons tous qu'un seul rêve
Que le crime soit puni

... haben wir nur einen Traum, daß der Frevel Strafe findet ... An dieser Stelle zog eine Folge leiser, schriller Töne vorüber, die Hippos tauchten blitzschnell unter und verjagten die Kaimane von den Ufern. Dann fanden wir den Faden wieder:

Alors par la Sacrée Porte
Nous reviendrons le coeur fier ...
Sinon que le diable emporte
Notre ame dans le désert ...

Romain Gary

... soll der Teufel unsre Seele in die Wüste entführ'n ...
»Hat einen Hiatus in jedem Vers«, spöttelte hinter uns ein Purist.

Sinon que le chacal mange
Nos os secs en ricanant.
Mais pour vivre dans la fange
Il faudrait être allemand ...

... um im Dreck zu leb'n, müßt einer Deutscher sein ...
Das Lied war zu Ende. Ich sah, wie der Boy sich umwandte und uns angstvoll anblickte wie ein Kind.

»Jean-Baptiste«, rief ich.

Der Boy kam auf uns zu. Er hielt den geschuppten Kapitänsfisch in der Hand und schaute erschrocken drein wie ein auf frischer Tat ertappter Dieb.

»Woher kennst du dieses Lied?«

»Er spricht kein Französisch«, sagte Paul-Louis mit mir unbegreiflicher Traurigkeit.

»Er singt ja bloß«, spöttelte einer.

Mein Boy übersetzte. Ja, er habe dieses Lied von einem Franzosen gelernt. Was für ein Franzose? Ein Franzose. Alle Franzosen sind gleich. Er macht keinen Unterschied zwischen den Franzosen.

»Der große Charles würde sich freuen«, spöttelte einer, immer derselbe.

Sergeant Gnama

Wo hat er diesen Franzosen kennengelernt? In Bangui. Was machte der dort? Er sang. Und wenn er nicht sang? Er sang immer. Und sonst? Manchmal schlief er, wenn er nicht sang.

»Ein Kolonialbeamter«, mutmaßte einer, immer derselbe.

»Die singen nie«, stellte Paul-Louis fest.

Wo war sein Sahib jetzt? Im Himmel. Tot? Nein, nicht tot, bloß zum Himmel hinaufgegangen. Ein Flieger also? Ja, genau, er war ein ... nun, wie Sie es sagen. Und wie hieß er? Sergeant Gnama.

»Das bedeutet Tier ...

Die Hippos streckten geräuschvoll schnaufend ihre Katzenohren aus dem Wasser. Die Sonne war in den Urwald gestürzt, und die Nacht kam so schnell, wie wenn man versinkt. Sergeant Gnama, ich weiß nicht, wo heute Ihre Piste ist, in welchem Himmel Sie gesiegt haben oder auf welcher Erde Sie gestorben sind, ich will aber, daß Ihr Land weiß, was Ihr schwarzer Boy in jenem Jahr 1941 am Ubangi sang. Es war ein grauenhaftes Jahr, aber eines ist sicher ... Ich erinnere mich sehr gut: Der Schari ergoß sich damals in den Tschadsee.

Romain Gary

Titel der Originalerzählung: *Sergent Gnama*; erschienen in *Le Bulletin de l'Association des Français libres*, Januar 1946.

Gnama ist bei den Eingeborenen Schwarzafrikas der Schatten, der nach dem Tod eines Menschen zurückbleibt und zu einer bösen Kraft wird, mit der lebende oder tote Wesen ausgestattet sind, Menschen, Tiere oder Bäume, die denjenigen verfolgt, der einen unschuldigen Menschen getötet hat; doch wenn der Mörder selbst nicht bestraft wird, geht der Fluch auf seine Nachkommen über (Anm. d. Übers.).

Aus dem Französischen von Giò Waeckerlin Induni.

Eine kleine Frau

1935

Ja, Monsieur, sie war eine ganz kleine Frau. Blond, zierlich, geschminkt. Sie ging im Busch spazieren und rauchte dabei amerikanische Zigaretten, und in der ersten Zeit hätte nichts auf der Welt sie davon abgehalten, sich zweimal am Tag umzuziehen. Wir befanden uns damals mitten im Urwald, hinter uns lag eine fertiggestellte Eisenbahntrasse von vierhundert Kilometer Länge. Für jemanden, der frisch aus dem »alten Land« kommt, sind vierhundert Kilometer jedoch nichts. Ein Klacks! Aber Sie haben keine Vorstellung, was es bedeutet, dem Busch eine solche Strecke abzuringen! Der Ingenieur, der diese Aufgabe bewältigt hatte, war kurz zuvor eiligst nach Saigon transportiert worden, er war an einem heimtückischen Fieber erkrankt, das in den Tropen auch mit dem widerstandsfähigsten Organismus fertig wird. Ungeduldig erwarteten wir seinen Nachfolger. Schließlich kam er: Er war ein junger Mann voll jugendlichem Überschwang, aber sein Handwerk verstand er von Grund auf. Er hieß Lacombe. Seit Jahren hatte ich keinen so gesunden, glücklichen Menschen mehr gesehen. Er scherzte mit mir, meinen Männern, den auf den Gleisen beschäftigten Eingeborenen, und um ein Haar hätte er auch mit der giftigen Spinne geschäkert, die er eines Abends beim Schlafengehen in seinem Bett vorfand. Geduld, sagte ich mir, das Lachen vergeht ihm schon noch. Gegen gute Laune gibt es nichts Wirksameres als den Urwald von Annam. Diese traurige Erfahrung hatte ich selbst gemacht. Und tatsächlich, nach einiger Zeit verging ihm das Lachen. Er lachte immer weniger und am Ende überhaupt nicht mehr. Er konnte nicht mehr schlafen und stand nachts vor seinem Zelt: Ich sah im Dunkeln seine glühende Zigarettenspitze. Ich muß allerdings zugeben, daß er hart arbeitete. Von morgens bis abends schleppte er sich mit der Karte in der Hand durch den Schmutz, um dem Urwald ein paar unselige Meter Bahnlinie abzutrotzen. Und die Zeit drängte: Wir mußten die Strecke soweit wie möglich vorantreiben, bevor die Regenzeit einsetzte und die Arbeiten monatelang unterbrach. All dies war nicht wirklich von der Art, ihn die Welt durch eine rose Brille sehen zu lassen, dachte ich. Aber ich täuschte mich. Es waren keineswegs diese Sorgen, die ihm auf die Stimmung drückten. Eines Abends kam er in mein Zelt gestürmt und stieß einen Freudenschrei aus:

»Sie kommt, Fabiani!« rief er. »Sie kommt!«

Er fuchtelte mit dem Brief, den die Lokomotive

für ihn aus Saigon mitgebracht hatte, unter meiner Nase herum.

»Wer?« fragte ich.

»Meine Frau, altes Haus. Simone! Sie ist schon unterwegs. Du wirst sehen, sie ist eine tolle Frau. Und mutig ... Du wirst sie bestimmt mögen, da bin ich mir sicher. Man muß sie einfach gernhaben!«

Und so landete die kleine Frau bei uns, mit einem sagenhaften Aufgebot an Koffern und einem Pekinesen. Ja, sie brachte ihren Pekinesen mit! Lacombe stellte mich vor:

»Sergent Fabiani, mein einziger Freund hier.«

Ich drückte ihre Hand. Zum ersten Mal seit Jahren drückte ich eine so winzige, so weiße Hand.

»Sehr erfreut, Sie kennenzulernen, Sergeant«, sagte sie. »Mein Mann hat Sie in seinen Briefen oft erwähnt, und ich muß sagen, Sie sehen wirklich sehr sympathisch aus!«

Ob Sie es glauben oder nicht, Monsieur, aber ich wurde rot. Lacombe bemerkte es sofort.

»Sieh mal, Simone, er ist rot geworden. Das ist ja unglaublich!«

»Ich denke, wir werden gute Freunde werden, Sergeant. Sie werden sehen, ich bin ein nettes Mädchen. Hier, ich überlasse Ihnen für heute Nini. Das ist ein Vertrauensbeweis!«

Sie drückte mir ihren Pekinesen in die Hand! Um sie nicht zu verärgern, mußte ich ihn den ganzen Tag behalten. Allerdings glaube ich, daß sie das absichtlich getan hatte, um mich in den Augen meiner Männer lächerlich zu machen. Und das war ihr auf bewundernswerte Weise gelungen. Ich muß Ihnen sagen, daß ich über ihre Ankunft alles andere als begeistert war. Eine Frau im Busch bringt immer Probleme mit sich. Noch dazu eine wie sie! Sämtliche Verrücktheiten, die ihr durch den Kopf gingen, setzte sie augenblicklich in die Tat um. Sie hatte ein Grammophon sowie einen ganzen Koffer voller Schallplatten mitgebracht und machte den ganzen Tag Musik. Es waren Tanzlieder, ein unerträgliches Spektakel, das ich entsetzlich fand. Als meine armen Ohren es nicht länger ertrugen, floh ich aus dem Lager und schlug mich in den Busch, um es nicht mehr hören zu müssen. Aber sie gab sich nicht mit der Musik zufrieden. Einmal suchte sie mich zur Mittagszeit, als ich gerade eine Siesta machte, in meinem Zelt auf.

»Entschuldigen Sie, daß ich Sie störe, Sergeant«, sagte sie. »Könnten Sie mir einen Gefallen tun?«

»Gewiß, Madame. Worum geht es?«

»Also, ich wollte Sie bitten, daß Sie Ihren Männern erlauben, an den kleinen Tanzpartys teilzunehmen, die ich künftig jeden Sonntag veranstalten möchte.«

Mich überrascht nichts so leicht, aber ich bekam geschlagene fünf Minuten den Mund nicht zu.

Eine kleine Frau

»Dann sind Sie also einverstanden? Sergeant, Sie sind ein Engel! Jean meinte, Sie würden nie einwilligen.«

Und weg war sie, bevor ich auch nur ein Wort sagen konnte. Kleine Tanzpartys mitten im Urwald! Haben Sie so etwas schon mal gehört? Ich nicht. Wir befanden uns weit weg vom unterworfenen Gebiet, und wenn ich »unterworfen« sage, dann benutze ich ein Wort, das bei den Bürokraten sehr beliebt ist und nicht viel zu besagen hat. Außerdem lebte auf der anderen Seite des Flusses einen Moi-Stamm, der nicht unbedingt da war, um über unsere Sicherheit zu wachen. Die Eisenbahntrasse sollte mitten durch sein Dorf führen: Vor uns lag also eine haarige Aufgabe, und für die Männer war es nicht der richtige Moment, sich die Zeit mit Firlefanz zu vertreiben. Aber es war nichts zu machen: Sie bekam ihre kleinen Tanzpartys. Und auch ich mußte jeden Sonntag persönlich teilnehmen; sie wollte mir sogar das Tanzen beibringen! Stellen Sie sich vor, ein alter Soldat wie ich, der vor vierzig ihm unterstellten Grünschnäbeln den Affen macht! Und das war noch nicht alles, o nein! Trotz unserer flehentlichen Bitten bestand sie darauf, das Lager zu verlassen und allein im Dschungel spazierenzugehen. Als ich sie daran erinnerte, daß ganz in unserer Nähe ein Stamm von Wilden lebte, lachte sie mir ins Gesicht und zeigte mir ihren

Revolver, einen dicken Colt, der in ihrem Gürtel steckte. Ich habe mich oft gefragt, was ihr der nützen sollte, wo sie doch nicht mal imstande war, mit ausgestrecktem Arm einen Gegenstand von vergleichbarem Gewicht hochzuhalten.

»Seien Sie unbesorgt, Sergeant, ich bin bewaffnet!«

Sie schnitt eine Grimasse, die furchterregend wirken sollte.

»Es geht nicht nur um die Wilden«, beharrte ich. »Wir sind hier im Busch, und es gibt eine Menge gefährlicher Tiere. Sie können gar nicht so schnell schauen, wie die über Sie herfallen!«

»Wenn man sie in Ruhe läßt, greifen sie einen nicht an. Das steht in allen Geographiebüchern.«

»Aber Ihre Geographiebücher werden Sie nicht davor bewahren, sich zu verlaufen!«

»Pah, Sergeant! Sie würden mich immer finden, oder etwa nicht?«

Und schon schlug sie sich mit ihrem Pekinesen unter dem Arm in den Busch. Und das Tollste ist, daß ihr nichts passierte. Sie fand sich immer zurecht, der Teufel weiß, wie, und kehrte seelenruhig ins Lager zurück: Man hätte meinen können, sie hätte eine kleine Runde über die Boulevards gedreht. Abends stellte sie ihr Grammophon an, und dann hörte ich von meinem Zelt aus das Geheul der Raubkatzen im Dunkeln und ein vom neuesten Stern am Pariser Schlagerhimmel schwungvoll vorgetragenes leichtes Liedchen. Ich war nicht der einzige Zuhörer. Auch meine Männer, die rund ums Feuer saßen, hörten zu. Ohne es darauf anzulegen, hatte sie allen den Kopf verdreht, denn sie war ausgesprochen hübsch mit ihrem arglosen Gesichtchen, ihrer stets gekräuselten Nase und ihrem klaren Blick. Selbstverständlich war mir das als letztem aufgefallen. Erst eine heftige Schlägerei zwischen zweien meiner Jungs öffnete mir die Augen. Anschließend ging ich sofort zu ihr und berichtete ihr davon. Und wissen Sie, was sie tat? Sie weinte. Und es sah so rührend aus, wie sie sich mit den Fäusten die Augen trockenrieb, daß um ein Haar auch ich, Oberfeldwebel Fabiani, geweint hätte!

»Bringen Sie die beiden Raufbolde zu mir«, bat sie mich.

Also brachte ich sie zu ihr. Es waren zwei Burschen, die keiner Fliege etwas zuleide tun konnten und über die ich bislang kaum Grund zur Klage gehabt hatte.

»Wenn es Ihnen noch einmal einfällt, sich meinetwegen zu schlagen«, schrie sie die beiden unter Tränen an, »reise ich sofort ab, verstanden?«

Sie sagte es im Brustton der Überzeugung, als stünde draußen ein Zug für sie bereit. Die beiden Männer ließen schweigend die Köpfe hängen.

»Na los, küssen Sie sich!«

Und sie küßten sich! Ich habe noch nie etwas so Komisches gesehen – und werde es wohl auch nie wieder sehen – wie die beiden großen Tölpel, die sich gegenseitig Küßchen auf die Wangen gaben.

»Sehen Sie, Sergeant, das ist geregelt«, sagte sie zu mir. »Alles läßt sich regeln!«

Sie bot mir eine amerikanische Zigarette an und legte ihre Lieblingsplatte auf. Den Titel des Liedes weiß ich nicht mehr, aber es begann so:

Paris, je t'aime, je t'aime, je t'aime ...

Jetzt singe ich auch schon! Entschuldigen Sie, Monsieur. Aber die Melodie hat sich mir eingeprägt. Lacombes Frau ertrug das Klima bestens, besser als wir alle. Ihr größter Kummer war der Tod ihres Pekinesen; er hatte versucht, mit einer Schlange zu spielen. Aber Schlangen haben einen eher beißenden Humor, und selbst die besten Scherze lassen sie kalt. Jedenfalls bezahlte der Pekinese seinen Wunsch nach Gesellschaft mit dem Leben. Wir mußten die Arbeiten unterbrechen, damit alle an der Beerdigung teilnehmen konnten. Was für eine schöne Beerdigung! Von allen Männern, die ich in den Tropen hatte sterben sehen, hatte kein einziger eine solche Beerdigung. Aber das schlimmste an der kleinen Frau war, daß sie

Eine kleine Frau

ihren Mann vom ernsthaften Arbeiten abhielt. Sie bedrängte ihn unter tausend Vorwänden. Obwohl Lacombe ein gewissenhafter Mensch war, konnte er sich nur schwer gegen sie durchsetzen, und deshalb mußte immer ich die Rolle des Spielverderbers übernehmen.

»Madame, es tut mir sehr leid, aber wir brauchen Ihren Mann. Monsieur Lacombe, Sie werden am Felsen erwartet. Die Eingeborenen haben Angst, ohne Sie anzufangen. Sie befürchten einen Erdrutsch.«

»Sollen sie doch warten!« erwiderte sie. »Warum nehmen Sie mir immer meinen Jean weg, Sergeant?«

»Ich kann nichts dafür, Madame, aber wir haben es nun mal eilig. Die Trockenzeit geht bald zu Ende. Wir müssen vor Beginn der Regenzeit über den Fluß, und davon sind wir noch weit entfernt.«

»Sie sind ein brutaler Mensch, Sergeant. Was macht es schon, ob Sie den Fluß vor oder nach der Regenzeit überqueren?«

Das war ein kapitaler Unterschied! Die Regenzeit bedeutete das Ende der Arbeiten: Es war unmöglich, Schienen im Morast zu verlegen. Der Untergrund mußte so gut wie möglich befestigt werden, und das ließ sich bei Dauerregen nicht machen. Und dann war da noch die Brücke. Sie mußte an einer Stelle über den Fluß gebaut werden, wo er sechzig Meter breit war. Dieses Unterfangen war an sich schon kein Spaziergang, denn der Fluß war reißend wie ein Wildbach. In der Regenzeit stieg er über die Ufer und spülte alles fort. All dies versuchte ich der kleinen Frau klarzumachen, aber es war verlorene Liebesmüh. Sie sagte zu mir, die Brücke sei nun wirklich ihre allerletzte Sorge, der Fluß, die Bahnlinie und meine Feststellungen seien ihr herzlich egal, und sie sei nicht aus Paris hierhergekommen, um allein in ihrem Zelt zu sitzen, sondern um mit ihrem Jean zusammenzusein. Ihr Jean war alles, was sie interessierte. Als wir den Fluß schließlich erreichten, hatte der Regen bereits eingesetzt. Bis dahin hatte ich noch nie im strömenden Regen gearbeitet und nur eine vage Vorstellung davon, welche Annehmlichkeiten das mit sich brachte. Schon bald sollte ich es erfahren, und zwar gründlicher, als mir lieb war. Wir wateten in lauwarmen Dunstschwaden, die vom Boden aufstiegen und uns das Gefühl gaben, in einer Wolke zu leben, durch den Schlamm. Alles um uns herum war weich, klebrig, schmierig. Kaum hatten wir eine Schiene verlegt, versank sie auch schon im Lehm, dann mußten wir sie wieder herausziehen, um sie erneut zu verlegen und abermals mitanzusehen, wie sie wegsackte. Ständig mußten wir von vorne anfangen. Der Fluß schwoll von Tag zu Tag mehr an. Trotzdem gelang es uns, eine

Eine kleine Frau

behelfsmäßige Brücke zu errichten, und wir staunten selbst, daß sie hielt. Allerdings konnten kaum zwei Mann gleichzeitig darübergehen. Lacombe tat, was er konnte, aber viel war es nicht. Sie hätten sehen sollen, wie er sich mit seinen vor Nässe kaum noch lesbaren Karten im Regen abmühte. Denn der Regen gelangte überall hin. Er ließ die Waffen rosten, verfälschte die Ergebnisse der Meßinstrumente und rann sogar im Schlaf an unserem Körper hinab. Die Hälfte der Männer hatte Fieber. Man hatte ihnen die Heimkehr vor Beginn der schlimmen Jahreszeit versprochen, und sie begannen sich zu beklagen. Der kleinen Frau dagegen ging es bestens, und ihr Teint war so klar wie am Tag ihrer Ankunft.

»Sehen Sie, Sergeant, es klappt alles. Sie kriegen Ihre Brücke schon noch!«

Da war ich mir nicht so sicher.

»Bei dem Regen weiß man nie.«

»Herrlich, dieser Regen! Es gibt nichts Besseres, um einen klaren Kopf zu bekommen!«

Sie verließ lachend und ohne Helm das Zelt. Lacombe beschloß, das Lager auf dem anderen Flußufer aufzuschlagen; es war ausgeschlossen, ständig über die wacklige Brücke hin und her zu gehen. Das Moi-Dorf befand sich nun in unmittelbarer Nähe, und wie Sie sich vorstellen können, empfand ich diese Nachbarschaft nicht gerade als beruhigend. Ich wies Lacombe auf die Gefahr hin, die er einging, aber er wollte davon nichts wissen.

»Ich muß ständig Berechnungen auf dem anderen Flußufer anstellen, und es geht nicht an, daß ich dazu jedesmal die Brücke überquere.«

Also entschied ich, das Lager zweizuteilen. Die eine Hälfte sollte an Ort und Stelle bleiben, um die beim Gleisbau beschäftigten Eingeborenen zu überwachen: Durch den Regen war es vermehrt zu Desertionen gekommen. Die andere würde auf das gegenüberliegende Flußufer übersiedeln, um über die Sicherheit von Lacombe und der kleinen Frau zu wachen. Es mußten Baracken errichtet werden: unmöglich, in der Regenzeit weiterhin in Zelten zu wohnen. Die Arbeit wurde immer beschwerlicher: Zweimal stürzte die Brücke ein, und der Fluß riß unsere Boote mit sich fort.

»Sergeant«, sagte die kleine Frau eines Tages zu mir, »langsam reicht es mir. So geht es nicht weiter!«

»Sind Sie krank?«

Eigentlich sah sie blendend aus.

»Nein, aber ich langweile mich. Ihre Moi sind sanft wie Lämmer ...«

»Um so besser für uns!«

»In diesem Land mangelt es an Zerstreuung. Außerdem gehen meine Zigaretten zu Ende, ich

Eine kleine Frau

habe nur noch einen Lippenstift, und meine Schallplatten kenne ich in- und auswendig ...«

Leider muß ich sagen, daß auch ich sie auswendig kannte. Ihr Grammophon lief pausenlos.

»Deshalb wollte ich Sie um einen Gefallen bitten, Sergeant.«

»Einen Gefallen?« fragte ich erschrocken zurück.

»Ach, eine Kleinigkeit. Sie gehen doch morgen zu den Moi. Leugnen nützt nichts: Jean hat es mir erzählt. Nehmen Sie mich mit, Sergeant. Ich brenne darauf, sie zu sehen!«

Ich konnte protestieren und flehen, soviel ich wollte – es war, als würde ich gegen eine Wand anreden. Sie wollte die Moi sehen, also würde sie sie sehen, und damit basta.

»Wenn Sie mich nicht mitnehmen, gehe ich alleine!«

Das brachte sie glatt fertig. Das Dorf lag nur einen Kilometer vom Fluß entfernt, und für die kleine Frau war es ein leichtes, sich unserer Wachsamkeit zu entziehen. Da war es besser, sie mitzunehmen. Diese Entscheidung traf ich jedoch nicht allein. Gott weiß, daß ich ein reines Gewissen habe und mich in keiner Weise für das, was dann geschehen sollte, verantwortlich fühle! Ich suchte Rat bei Lacombe. Er versuchte ihr das Vorhaben auszureden, war damit jedoch kaum erfolgreicher als ich.

»Ich werde die Moi sehen, bevor ich dieses Land verlasse, so oder so. Verstehst du, Jean? Mir ist es lieber, du bist vorgewarnt.«

»Also gut, Fabiani, nehmen Sie sie mit. Aber keine Dummheiten, Simone!«

Tags darauf ging es los. Zwanzig gut bewaffnete Männer begleiteten uns, insofern befürchtete ich keine Übergriffe. Im übrigen war ich bereits zweimal im Dorf gewesen, ohne daß es zu Zwischenfällen gekommen war. Doch diesmal war ich unruhig. Ich hatte vor etwas Angst, wovor genau, wußte ich nicht. Sie können mich ruhig auslachen, aber ich glaube an Vorahnungen ... Wie dem auch sei, als wir den Dorfplatz erreichten, konnten wir nichts Verdächtiges feststellen. Die Moi hielten sich in Grüppchen vor ihren Hütten auf und musterten uns, wie es schien, eher neugierig als argwöhnisch. Sie waren nicht sehr zahlreich, aber ein Großteil hatte sich vermutlich im Wald verschanzt und bespitzelte uns durch das Buschwerk.

»Das sind also Ihre berühmten Moi?« murmelte die kleine Frau. »Offen gestanden bin ich enttäuscht.«

Ich vertraute sie meinen Männern an und ging mit Thu, dem Dolmetscher, auf die Hütte des Häuptlings zu. Ich trat ein. Im Innern herrschte graues Halbdunkel, und zuerst konnte ich nichts sehen. Alles, was ich wahrnahm, war scharfer Schweißgeruch wie

Eine kleine Frau

von einem Tier, ein Geruch wie in einer Menagerie. Dann entdeckte ich die Gestalt des Häuptlings. Er saß reglos vor mir auf dem Boden. Ich hatte ihn bereits zweimal gesehen, aber nie in dieser vollkommenen, statuenhaften Reglosigkeit. Meine Augen gewöhnten sich nach und nach an das dämmrige Licht. Ich erkannte sein Gesicht, die Einzelheiten seines Körpers: ein magerer, ausgetrockneter Greisenkörper, ein knochiges, trotz des Alters furchteinflößendes Gesicht, in dessen Mundwinkeln jeweils ein Zahn hervorragte. Auf Wangen und Brust geschwollene weiße Stellen ... Er rührte sich nicht. Bis zu meinem Tod werde ich mich an diese steinerne Reglosigkeit erinnern, und auch an die zwischen den Lippen hervorstehenden Zähne, aber vor allem an diese weißen Flecken einer scheußlichen Hautkrankheit. Er wartete, noch immer schweigend. Ich beschloß, als erster zu sprechen, und drehte mich zum Dolmetscher um.

»Du großem Häuptling sagen, ich und er gute Freunde. Du ihm sagen, ich Geschenke mitbringen ...«

Als ich die Hütte verließ, stellte ich fest, daß sich meine Männer nicht von der Stelle gerührt hatten und die kleine Frau in ihrer Mitte stand. Ich ging auf sie zu. Sie war ganz blaß. In ihren Augen glänzten Tränen.

»Was ist los? Ist etwas passiert?«

»Aber nein! Ich sagte Ihnen ja schon, daß Ihre Moi lammfromm sind!«

Ihre Stimme zitterte jedoch leicht. Erneut befiel mich Unruhe. Dabei schien alles in Ordnung zu sein. Die kleine Frau war da. Es war nichts passiert. Und wir waren zwanzig Mann, bereit, bei der ersten verdächtigen Bewegung der Moi zu schießen.

»Wir gehen!«

Wir kehrten ins Lager zurück. Der Regen hatte verstärkt wieder eingesetzt, und wir waren durchnäßt und klamm. Ich schickte die Männer in ihre Baracke zurück: Sie lag zweihundert Meter flußaufwärts von der Hütte, die Lacombe, die kleine Frau und ich bewohnten. Alles war gut verlaufen, aber ich wurde mein ungutes Gefühl nicht los. Na ja, dachte ich, wahrscheinlich bekomme ich Fieber. Aber ich bekam kein Fieber. Und ich sah noch immer den schrecklichen Körper des alten Häuptlings, seine starre, bedrohliche Maske vor mir. Am Abend saßen wir zu dritt in der Hütte. Der Regen donnerte aufs Dach. Weiter oben ließ der Wind die Äste der Bäume bersten. Der Urwald schickte die durchdringenden Schreie der Tiere zu uns. Lacombe hatte seine Lampe angezündet und arbeitete, über seine Pläne gebeugt. Die kleine Frau nahm das Grammophon in Betrieb. Sie spielte immer dasselbe Lied, ihr Lieblingslied: *Paris, je t'aime, je t'aime, je t'aime* ... Und in diesem Ton ging

Eine kleine Frau

es weiter. Die Stimme des jungen Schlagerstars klang nun heiser und krächzend, der Aufenthalt im Busch war ihr nicht bekommen.

»Paris«, murmelte die kleine Frau, »Paris ...«

Nervös kaute sie auf ihrer Zigarette. Es war das erste Mal, daß ich sie so sah: traurig und unruhig.

»Jean, wann reisen wir ab?«

»Mein Gott, meine Kleine, das ist schwer zu sagen. Wir sind so im Rückstand mit unseren –«

Ein ohrenbetäubendes Krachen schnitt ihm das Wort ab. Ich erkannte es sofort: Ich hatte es bereits zweimal gehört. Lacombe sprang auf.

»Die Brücke!«

Er stürzte hinaus und verschwand im Dunkeln.

»Sergeant! Was ist das?«

Kreidebleich drängte sich die kleine Frau an mich.

»Keine Angst ...«

Plötzliches Stimmengewirr, Schüsse ... Kurze Stille. Dann hob in der Nacht das entsetzlichste Geheul an, das ich je gehört habe. Es war Hohngelächter, ein nicht enden wollendes Hohngelächter, in das Hunderte von Stimmen im Chor einfielen.

»Mein Jean! Ich habe Angst!«

Ich sah ihr aufgelöstes, aschfahles Gesicht vor mir. Tränen rannen langsam über ihre Wangen. Mir blieb keine Zeit, sie zu trocknen. Die Tür flog auf, und zwei Männer stürmten auf mich zu. Ich hob meinen Revolver und wollte schießen, als ich

Danjard und Larique erkannte. Sie gehörten zu der Abteilung, die ich in der benachbarten Baracke untergebracht hatte. Ein Arm von Danjard hing leblos herab, die Hand blutete. Rote Tropfen fielen auf den Boden. Durch die offene Tür drangen Wind und Regen herein ... Ich schloß sie und schob den Riegel vor.

»Larique! Rede!«

»Die Moi ...«

»Rede!«

»Der Wachposten ... angegriffen! Hatten keine Zeit, uns zu verteidigen. Danjard ... am Arm verletzt ...«

»Und die anderen? Die Männer vom anderen Flußufer! Sie müssen es doch gehört haben! Rede, Herrgott noch mal!«

»Die Brücke ... zerstört ...«

Erschöpft ließ er sich auf einen Stuhl sinken. Draußen verstummten schlagartig die Stimmen. Aber die darauffolgende Stille war schlimmer als das Geheul. Sie war näher, bedrohlicher.

»Und das Maschinengewehr?«

»Haben keine Ahnung, wie man es bedient. Aber die Karabiner ...«

Draußen, in der Nacht, Stille. Waren die Moi auf dem Weg zu uns? Wir hatten keine Ahnung.

»Löschen Sie die Lampe. Und nehmen Sie die Gewehre dort in der Ecke.«

Eine kleine Frau

Jetzt war alles schwarz.

»Sergeant ...«

Es war die Stimme der kleinen Frau.

»Darf ich ... darf ich mir eine Zigarette anzünden?«

»Ja.«

Wieder Stille. Ich dachte an die Männer auf der anderen Seite des Flusses. Hatten sie denn nichts gehört? Aber die Brücke war zerstört. Und es gab keine Boote! Wieder kam mir das Bild des Häuptlings in den Sinn. Seine bestialische Maske, seine schmutzige Haut. Warum schossen die Moi nicht? Worauf warteten sie, bevor sie über uns herfielen?

»Danjard!«

»Chef?«

»Gibt es Tote?«

»Ich weiß nicht, Chef. Ich glaube nicht. Die Moi töten nicht gern schnell. Sie foltern lieber.«

Hatte er die Anwesenheit der kleinen Frau vergessen? Sie schwieg. Alles, was ich von ihr im Dunkeln sah, war ihre glühende Zigarettenspitze. Sie stand neben der Tür. Es gab zwei Türen; eine nach vorn und eine nach hinten, zum Fluß.

»Haben Sie Angst?«

»Nein.«

Aber ihre Stimme verriet sie.

»Ich muß nur an Jean denken. Und an die anderen ... Stimmt es, was er gerade gesagt hat?«

»Wohin denken Sie!«

Ein Kratzen an der vorderen Tür.

»Wer ist da?«

Keine Antwort. Nur der Regen auf dem Dach und die markerschütternden Schreie des Urwalds. Dann wieder ein Kratzen.

»Wer ist da? Antworten Sie!«

»Sein ich, Thu.«

Der Dolmetscher ... Ich öffnete die Tür. Eine menschliche Gestalt schob sich ins Innere.

»Mich schicken großer Häuptling ...«

Die Angst schnürte ihm fast die Kehle zu. Bestimmt rechnete er damit, eine Kugel verpaßt zu bekommen. Ich konnte ihn nicht sehen. Aber meine Hand hatte ihn an der Schulter gepackt, und diese Schulter zitterte heftig.

»Großer Häuptling sagen, er nicht töten Gefangene ...«

Gefangene? Es gab also Hoffnung.

»Großer Häuptling alle gehen lassen. Er nur nehmen ...«

»Was? Wen?«

»Frau.«

Totenstille in der Hütte. Der rotglühende Punkt hatte sich nicht bewegt. Die nackte Schulter unter meiner Hand zitterte noch immer: Wider Willen gestand der Mann seine Furcht ein.

»Du großem Häuptling sagen, nichts zu machen.«

Eine kleine Frau

Würde er gehen? Die Schulter versuchte nicht, sich mir zu entwinden.

»Sie getötet Frau von großem Häuptling.«

»Was?«

»Sie schnell entscheiden, sehr schnell. Sonst großer Häuptling Geiseln foltern.«

Diesmal hatte der rote Punkt einen Hüpfer gemacht. Die nackte Schulter versuchte sich aus meinem Griff zu befreien. Ich ihn gehen lassen?

»Ich wiederkommen.«

Ich öffnete die Tür. Der Schatten glitt hinaus. Auf dem Dach setzte der Regen unermüdlich sein monotones Geprassel fort.

»Sergeant ...«

»Ja! Haben Sie diese Geschichte verstanden? Was werfen sie Ihnen vor?«

Der rote Punkt kam näher. Jetzt stand die kleine Frau ganz dicht vor mir.

»Sergeant, ich muß Ihnen etwas gestehen. An dem Morgen, im Dorf ... Während Sie beim Häuptling waren ...«

»Ja, und?«

»Ich wollte eine Hütte von innen sehen. Drinnen fand ich eine im Sterben liegende Frau vor. Ein paar alte Hexen umringten sie. Jetzt weiß ich, daß sie die Frau des Häuptlings war.«

»Und?«

»Und weil sie so furchtbar litt, gab ich ihr ein

Beruhigungsmittel. Ich habe immer ein paar Beutel bei mir. Aber ihr blieb keine Zeit mehr, es zu schlucken. Sie erstarrte am ganzen Körper und hauchte vor meinen Augen ihr Leben aus ...«

Schweigen. Als sie weitersprach, spürte ich ihren Atem auf meinem Gesicht.

»Die Alten kratzten mich und stießen mich hinaus. Bestimmt haben sie dem Häuptling erzählt, daß ich seine Frau vergiftet habe.«

Abermals Schweigen.

»Es ist so furchtbar!«

»Nun weinen Sie bloß nicht.«

»Ich weine nicht. Mein armer Jean! Sie werden ihn foltern. Ihn und die anderen. Sergeant ...«

»Ja?«

»Sind die beiden Männer, die sich meinetwegen geprügelt hatten, unter ihnen?«

»Ich weiß nicht, vielleicht.«

Der rote Punkt entfernte sich. Eine Hand legte sich auf meine Schulter.

»Gibt es hier nichts zu trinken, Chef?«

Ich erkannte Danjards Stimme.

»Ich kann mich kaum noch auf den Beinen halten!«

»Öffnen Sie den Koffer an der Wand. Darin sind ein paar Flaschen ...«

Wie lange brachte ich so im Dunkeln zu, das

Eine kleine Frau

Ohr an die Tür gedrückt? Ich kann es Ihnen nicht sagen. Eine Viertelstunde? Eine Stunde? Vielleicht mehr. Noch immer hörte ich nichts außer dem Knacken der Äste, dem Prasseln des Regens auf dem Dach, dem Rascheln des Urwalds. Meine Nerven lagen blank. Ich hielt der Angst nicht länger stand. Ich war drauf und dran, mich hinaus in die Finsternis zu stürzen. Da vernahm ich wieder dieses Kratzen. Ich riß die Tür auf. Der Regen klatschte mir ins Gesicht ...

»Großer Häuptling sagen, er anfangen mit Fol...« Ich ließ ihn das Wort nicht beenden. Ich hob meinen Revolver und schoß einmal, zweimal, dreimal. Genau in diesem Augenblick begann das Geheul in der Nacht erneut. Aber es war nicht derselbe infernalische Chor wie vorhin. Es waren einzelne Stimmen, ein schriller, mißtönender Singsang, wildes Freudengeschrei. Und es entfernte sich rasch, verlor sich in der Distanz. Ich stand regungslos da, der Revolver hing an meinem ausgestreckten Arm herab. Die Stimmen entfernten sich noch mehr, erstarben. Stille kehrte ein. Ich machte einen Schritt vorwärts und wäre beinahe über den Körper des Dolmetschers gestrauchelt. Er lag zusammengekrümmt zu meinen Füßen. Ich versuchte, klar zu denken. Die Moi hatten das Weite gesucht. Hatten sie die Geiseln hingerichtet? Nein! Dann hätte ich Stöhnen und Klagen gehört.

Aber warum dann dieser Triumph, dieser barbarische Freudenausbruch? Ich ging zurück in die Hütte.

»Sie sind fort ...«

Da befiel mich ein gräßlicher Verdacht. Ich machte im Dunkeln einen Satz vorwärts und streckte tastend die Arme aus ...

»Simone, wo sind Sie? Antworten Sie! Simone!«

Meine zitternden Hände stießen gegen die Lampe. Ich zündete sie an. Danjard saß auf einem Stuhl. Larique stand mit dem Rücken an der Wand. Die kleine Frau war nicht da. Die Tür, die zum Fluß ging, stand offen, und der Wind ließ sie in den Angeln quietschen. Schreiend und kaum wissend, was ich tat, lief ich hinaus ... In der Nähe der Baracke stolperte ich über einen Körper. Es war Lacombe. Ich schnitt seine Fesseln durch.

»Simone?«

Ich antwortete nicht, sondern schlug mich in den Busch. Die Krallen des Urwalds zerkratzten meinen Körper, doch ich spürte keinen Schmerz. Der Regen durchtränkte mich, aber ich merkte es nicht einmal. Lange irrte ich verstört durch die Dunkelheit und fand schließlich wie durch ein Wunder zum Lager zurück. Das erste, was ich sah, war das Licht in unserer Hütte. Dann hörte ich das näselnde Grammophon.

Paris, je t'aime, je t'aime, je t'aime ...

Eine kleine Frau

Larique und Danjard saßen zusammengesunken auf ihren Stühlen, sie waren sturzbetrunken.

»Lacombe? Wo ist Lacombe?«

Danjard machte den müßigen Versuch, aufzustehen.

»Er war gerade hier, Chef. Er hat seine kleine Frau gesucht.«

Ich hielt mich mit aller Kraft am Tisch fest, um nicht umzufallen.

»Du ... du hast es ihm gesagt?«

»Klar habe ich es ihm gesagt, Chef. Ich habe gesagt, daß die kleine Frau weg ist, um sie zu retten, ihn und seine Kameraden. Daß die Moi sie sich geschnappt haben. Und daß ich mich deshalb betrunken habe wie ein Schwein ...«

Er brach ab und nickte.

»Und dann?« murmelte ich.

»Und dann, Chef, hat er mir meinen Revolver entrissen und ...«

Draußen knallte ein Schuß. Die beiden Männer sprangen auf. Das Grammophon erstarb mit einem letzten tragischen Kreischen.

Titel der Originalerzählung: *Une Petite femme*; erschienen am 24. Mai 1935 in der Zeitschrift *Gringoire*.
Aus dem Französischen von Carina von Enzenberg.

Der Grieche

1970 (Fragment)

I

Er hielt sich nie länger als einen oder zwei Monate auf einer Insel auf, gerade lange genug, um sich mit der Gegend vertraut zu machen, ohne den Leuten am Ort die Zeit zu lassen, ihn allzugut kennenzulernen. Jedesmal, wenn ihn einer fragte: »Wovon lebst du eigentlich, Kleiner?«, wußte er, daß es Zeit war, schleunigst zu verschwinden. Eine merkwürdige Frage übrigens, wovon lebst du eigentlich. Haben Sie die schon mal gestellt bekommen? Sie gibt einem wirklich das Gefühl, daß es nicht genügt zu leben, ja sie versetzt das Leben gewissermaßen in eine Minderheit, verdrängt es auf den zweiten Platz, als würde es nicht genügen, am Leben zu sein, als müßte man auch noch dafür bezahlen. »Ich habe eine Tante in Kalifornien«, antwortete er jeweils, was übrigens der Wahrheit entsprach, bloß daß sie inzwischen fünfundsiebzig war und von einer bescheidenen Rente lebte, er schickte ihr ein- oder zweimal im Jahr ein hübsches Sümmchen, schließlich hatte er viel für Langstreckenschwimmer übrig,

Romain Gary

fünfundsiebzig, gar nicht schlecht, er hoffte, daß sie noch die ganze Strecke durchhielt, ja daß sie es bis hundert schaffte. Seinen schönsten Coup hatte er oben im Norden gelandet, in der Villa eines Engländers auf Skiathos. Mr. Drommer hatte ihm erzählt, es handle sich um die schönste kleine Sammlung sumerischer Stücke weit und breit außerhalb des Louvre. Und hatte seinen tieftraurigen, bedeutungsvollen Blick auf ihn gerichtet und mit seiner traurigen Stimme, die Billy inzwischen bestens vertraut war, hinzugefügt: »Natürlich läßt sich das fast unmöglich verkaufen«, und dann hatte er ihm zweitausend Dollar gegeben, und Billy wußte, daß man ihn eben übers Ohr gehauen hatte. Man muß distinguiert sein, gut eingeführt, ein Mann von Welt mit den besten Kontakten, um archäologische Schätze zu verkaufen, die den Experten auf der ganzen Welt bekannt sind. Mr. Dronner unterhielt Beziehungen zu sämtlichen brasilianischen Milliardären, zu allen Potentaten der Vereinigten Emirate, zu allen japanischen Kunstfreunden, zu allen Bankiers in Hongkong, die die Mittel hatten, sich Kunstwerke zu leisten, die sie nicht würden weiterverkaufen können. Alles echte Liebhaber schöner Gegenstände, was als Kunst um der Kunst willen bekannt ist. Mr. Nicholas Arthur Maldomour Dronner war ein äußerst kultivierter Mann, der Typ Engländer, der dem »geheimnisvollen Orientalen«, von dem

Der Grieche

in den Büchern immer die Rede ist, am nächsten kommt. Er lebte in Athen in einem Marmorhaus, mit einer Terrasse über der Akropolis, und segelte an Bord einer schwarzen Yacht namens *Narcissus* im Ägäischen Meer. Es war eine noch größere und noch luxuriösere Yacht als Niarchos' *Créole*, so daß niemand, der noch bei Trost war, ihn fragen würde: »Wovon leben Sie eigentlich?« Er ging auf die Sechzig zu, mit seinem auf einem langen, dünnen Hals sitzenden Kopf sah er aus, als hätte er seinen Schildkrötenpanzer verloren. Das Auffallendste an ihm war sein Lächeln. Es war ein absolut ewiges Lächeln, und von allen Menschen, denen Billy je begegnet war, war Mr. Dronner der einzige, der allein aus einem Lächeln zu bestehen schien. Er lächelte, selbst wenn er sprach, und Billy, der inzwischen einiges von Archäologie verstand, von Königsgräbern und Gottheiten, sagte sich oft, daß dieses gleiche Lächeln auf den Lippen einer Statue ein Vermögen wert gewesen wäre. Von allem, was er je gesehen hatte, ähnelte dieses Lächeln am meisten dem des Buddha aus dem 17. Jahrhundert – Mr. Dronner hatte ihm gesagt, er stamme bereits aus den Zeiten der moralischen Dekadenz – in der Villa des Oberst Ouston-Fawlers in Spetsä. Er hatte im übrigen eine ganz besondere Art, von vergangenen Jahrhunderten zu erzählen, von vorchristlichen Zeiten, als würde er seine eigene Lebensgeschichte erzählen; man hatte den Eindruck, er sei persönlich dabeigewesen, als Tutanchamun noch am Daumen lutschte oder als Helena, die Trojanerin, das berühmte Halsband anlegte. Vielleicht war er tatsächlich dabeigewesen, wer weiß das schon. Mythologisch, genau, er war mythologisch, doch wie dem auch sei, ein Mann, der fünfzig Jahrhunderte Geschichte überlebt hatte, mußte ja ein Gauner sein, was sonst. Und das war Mr. Dronner bestimmt, der größte Gauner, den man sich überhaupt vorstellen kann. Und noch nie erwischt, was für seine Glaubwürdigkeit spricht. Er hatte diese Art arroganter Hakennase mit übermäßig geweiteten Nasenflügeln, die man bei einem unbedeutenderen und gewöhnlicheren Mann als Geiernase bezeichnet hätte, die bei ihm aber als »aristokratisch« galt. Die Augen waren auffallend blau und sehr hell, und auf seinem Gesicht lag der entspannte Ausdruck eines Mannes, der mit sich selbst und der Welt im reinen ist, weil er sich nie die kleinste gute Gelegenheit hat entgehen lassen. Billy ließ sich leicht beeindrucken, gewiß, doch er wußte gute Arbeit zu schätzen, und Sir Nicholas Arthur Maldomours Erscheinung war tatsächlich ein höchst vollendetes Werk. Denn es war schwer vorstellbar, daß es sich um einen schlichten genetischen Zufall oder um einen Geburtsfehler handelte. Der Mistkerl hatte es selbst modelliert, jeden einzelnen Gesichtszug, das

Der Grieche

ewige Lächeln, die bedächtigen Gesten, den unveränderlichen Ausdruck und die einschmeichelnde Stimme, alles war bewußt einstudiert, verfeinert und vollendet. Seine Frau war ungefähr zwanzig Jahre jünger als er und auf ihre Weise eine ebenso beeindruckende Erscheinung; sie war die Witwe eines deutschen Generals, der wegen seiner Beteiligung am Hitler-Attentat von 1944 gehängt worden war. Sie war ziemlich hübsch, schlank und muskulös und äußerst attraktiv, obwohl sie bestimmt über vierzig war. Das Außergewöhnlichste an ihr war, daß es ihr irgendwie gelungen war, sich mit dem Lächeln ihres Mannes anzustecken, und so wirkten beide, als hätten sie ein unendlich befriedigendes Geheimnis miteinander, eine Art geheimes Wissen, oder als hätten sie nicht nur Beziehungen zu den »Berühmtesten der Welt«, sondern auch zu den tiefsten Mysterien des Lebens und des Todes. Sie war immer von einem Rudel Pudel begleitet und von einer schwarzgefleckten flachshaarigen, sehr vulgären bejahrten Mischlingshündin, die etliche Kampfnarben aufwies, und man fragte sich, wie dieses gewöhnliche Straßenmädchen es angestellt hatte, in einen solchen Kreis aufgenommen zu werden. Mrs. Dronner hatte Billy an einem heißen, windigen Tag auf Mykonos aufgelesen, und nach ein paar Tagen in versteckten Buchten und ein paar Nächten an menschenleeren Stränden hatte sie ihn mit an Bord der *Narcissus* genommen, und Billy war zumute gewesen wie wahrscheinlich der flachshaarigen Mischlingshündin, als sie zum ersten Mal bei den Pudeln zu Besuch war. Sir Dronner war entzückt, ihn kennenzulernen, er hatte so viel von ihm gehört, er hatte sich schon immer für Langstreckenschwimmer interessiert. Es war seit Jahren das erste Mal, daß Billy jemandem begegnete, der ihn an die alten Tage erinnerte, die Durchquerung des Goldenen Horns, des Catalina Channel, die vierzig Kilometer zwischen Calais und Dover hin und zurück ... Dann räusperte sich sein Gastgeber und blickte etwas verlegen, und Billy wußte, daß er es taktvoll unterließ, »das traurige Ende der goldenen Karriere eines Champions« zu erwähnen, wie die *Los Angeles Times* die Drogen- und Schmuggelepisode des jungen Mannes genannt hatte, der so viele Jahre die Jugend, die Schönheit und den amerikanischen Traum verkörpert hatte. Damals überlebte Billy dank seiner Gitarre, er spielte auf Yachtpartys im Hafen von Hydra, und die fünfhundert Dollar, die ihm Sir Dronner zusteckte – und denen noch viele folgen würden –, gaben ihm das Gefühl, als habe der Teufel plötzlich die Gebete erhört, die Billy heimlich an Gott gerichtet hatte. Es war bei seinem dritten Besuch an Bord der Yacht, als Sir Dronner mit viel Taktgefühl auf das Thema zu sprechen kam.

Der Grieche

»Ich denke, Sie lesen keine Zeitungen, oder?«
Billy lachte.

»Nun, jemand hat drei minoische Vasen aus Van Hoochts Villa gestohlen, hier ... auf Hydra. Unglaublich. Das Haus ist nur vom Meer aus zugänglich, und das Pförtnerhaus befindet sich auf den Felsen unten. Der Mann ist absolut glaubwürdig: Er hat die ganze Nacht gefischt und hat kein Boot in dieser Richtung vorbeifahren sehen. Sieht ganz so aus, als sei jemand die fünf Meilen bis zum Haus geschwommen, den Felsen hinaufgeklettert, habe die Gegenstände an sich genommen und sei dann zurückgeschwommen. Zehn Meilen. Eine fast unmögliche Leistung. Es sei denn, natürlich, ein Boot hat gewartet ... außer, wie Sie wissen ... ich meine, wenn man die Insel kennt ... der Kanal ist dort sehr schmal, und dort gibt es nichts außer den berühmten Unterwasserriffen auf der gegenüberliegenden Seite, an denen so viele unglückliche Schiffe zerschellt sind ... Voriges Jahr hat man dort eine assyrische Galeere entdeckt ... Sieht also ganz so aus, als sei der Mann den ganzen Weg zurückgeschwommen.«

Er nahm ein Stück frisches Weißbrot und brach es mit seinen dünnen Fingern, und an einem der Finger steckte ein kostbarer Ring. Billy war unbehaglich zumute. Das Stück Hummer blieb ihm im Hals stecken.

»Ich denke, Sie sollten die Gegenstände zurückgeben«, sagte Mr. Dronner sanft. »Ich hoffe, sie sind unversehrt. Ich kann dafür sorgen, daß sie meinem Freund Oberst Houston-Fawler ohne großes Aufsehen zurückgegeben werden. Im übrigen: eine nicht zu unterschätzende sportliche Leistung. Ich bin bereit, eine Belohnung zu bezahlen. Dreitausend Dollar.«

»Nimm doch noch ein bißchen Hummer, *dear*«, sagte Mrs. Dronner freundlich.

So hatte alles begonnen.

Sie nannten ihn »Kleiner«.

Papadopoulos ist ein einziger Fettkloß, mit schwabbelnden Brüsten unter dem Hemd, während er langsam überquillt, sein ganzer Körper eine Drüsenkatastrophe, und hätte Sagadjouglou sich fortpflanzen können, wäre dies dabei herausgekommen. Ein mächtiger, sorgfältig gewichster schwarzer Schnauzbart und eine Zigarre zeugen von seiner Männlichkeit. Die Zigarre steckt permanent in seinem Gesicht, genau in der Mitte, ein kläglicher Traum von stolzen Erektionen. Die Augen blicken traurig, und man kann fast darin sehen, wie sich seine Frau von einem Touristen nach dem andern vögeln läßt, und wenn man

Der Grieche

lächelt, blickt Glou-Glou, so nennen wir ihn, bekümmert drein, nein, man sollte wirklich nicht zuschauen, wie seine Frau gevögelt wird. Er schließt die Augen.

Am liebsten erzählt er von Piraten und Vergewaltigungen, von Schmuggel und von den Untergrundkämpfen gegen die Deutschen während des Kriegs – einmal hatte er einen deutschen Wachsoldaten mit bloßen Händen erwürgt –, er streckte seine kurzen, fettwabbelnden Arme aus und ahmte mit rollenden Augen und gesträubtem Schnauzbart das Erwürgen nach ... damals war er schlank und kräftig ... ein Widerstandsheld ... und als er seine Patschhändchen betrachtete, die diese heldenhafte Tat vollbringen, hört man fast das Kichern des gekitzelten deutschen Wachsoldaten. Er ist Türke, Angehöriger der Sekte der Karäer, und über seinem Bett hängt ein alter Stich mit den berühmten türkischen Piraten des 18. Jahrhunderts, den Barberousse-Brüdern auf dem Brückendeck inmitten lodernder Schiffe.

Die Pension hat zehn Zimmer und heißt *Der stolze Fisch*; woher dieser Name kommt, hat Glou-Gou nie richtig erklären können. Diese Bezeichnung rührt wahrscheinlich von einem tiefen Mißverständnis zwischen Englisch und Türkisch her, denn das blau- und ockerfarbene Mosaik, auf dem dieser Name geschrieben steht, stellt den Kopf der Jungfrau Maria dar, und das Ganze ist derart verwirrend, geradezu mysteriös, daß man sich wundert, was es mit dieser historischen Lücke auf sich hat und warum dies in der Heiligen Schrift ausgelassen wurde und was zum Teufel zwischen Maria und dem Fisch vorgefallen ist. Doch es ist schön, wenn man noch etwas zum Nachdenken hat, noch etwas zum Sichwundern. Der große Berkowitz, der beinahe legendäre Gauner, einer von jenen Kerlen, dessen Name du flüsterst, wenn die Situation so beschissen und hoffnungslos zu sein scheint, daß du einen persönlichen Jesus Christus brauchst, einen nagelneuen und sauber glänzenden, an den zweitausend Jahre lang noch keiner geglaubt hat, der große Berkowitz sagt, daß, solange man noch zum Staunen fähig ist, man auch noch imstande ist zu lachen. Lachen sei das einzige, was sich lohne, und solange man die Welt betrachten und darüber lachen könne, habe man noch eine Chance.

Der Balkon hängt direkt über dem Meer, und die Fliesen sind immer steinkalt unter den Füßen, so heiß die Sonne auch auf einen niederbrennen mag. Die Fischerboote – Kaik nennen sie die Dinger – drängen sich bei Sonnenuntergang aneinander wie pickende rote Schmetterlinge, fünfzehn, zwanzig Boote, die das große rostbraune Netz in ihrer Mitte sozusagen mit den Zähnen festhalten, um

Der Grieche

zu fangen, was ihnen ins Netz geht, *popas, damos* oder wie auch immer die Fische hier heißen, jedenfalls sehen sie alle aus wie die Schollen in Baja California. Wenn die Sonne untergeht, verfärbt sich das Meer dunkelviolett, flammt dann rot auf, und die Boote drängen sich noch enger aneinander, als würden sie mit dem Bug nach den gefangenen Fischen tauchen und sie verschmausen, und manchmal zieht von Asien her ein großer, purpurviolett geflügelter Sturm auf, hängt donnernd und Blitze furzend über dem Meer und scheint nicht mehr weiterzuziehen, und dann wird die reife rote Tomate der Sonne weich und wabbelig und läßt sich von ihrem Übergewicht in die Tiefe ziehen, und es gibt mehr als dreihundert griechisch-orthodoxe Kirchen auf der Insel, und es ist die Tageszeit, da man sie singen hört, nicht die Kirchen, sondern die Griechen in den Kirchen, und wenn man an einem winzigen Ort wie diesem dreihundert Kirchen braucht, so ist das meiner Ansicht nach nur zum laut Lachen. *Eine* Kirche sollte reichen, wenn sie funktionieren würde.

Griechenland. Von hier kommt die Mythologie, Könige, die es nie gegeben hat, Götter, die nie etwas Gottähnliches schufen, außer daß sie durch möglichst komplizierte Familienverhältnisse miteinander verbunden waren, das Ganze nichts als Marmor. Immerhin sind ein paar Ansichtskartenmotive übriggeblieben. Die griechischen Reiseführer haben eine ganz besondere Art, einem ein lausiges bißchen Stein zu zeigen, als wäre das alles, was von der wirklichen Welt übriggeblieben ist. Was Jim anbelangte, waren das alles König Salomos Minen. Alle Griechen, denen du begegnest, werden dir sagen, sie seien es gewesen, die die Demokratie erfunden haben, und vielleicht stimmt es sogar, doch sie haben eindeutig das Patent verloren.

Kiria Saradjoglou hielt sich für eine alte griechische Göttin der Liebe, und mit einem solchen Ruf, den es zu bestätigen gilt, sollte man nicht auf einer kleinen Insel leben, wo es höchstens zwei oder drei ihrer würdige Männer gibt. Jedenfalls hatte sie gewaltigere Arschbacken und Titten als sämtliche Frauen, unter die Jim sich jemals gerollt hatte. Ihre Vorstellung von der mythologischen griechischen Leidenschaft bestand darin, sich mit hundertachtzig Pfund rasender Fleischeslust auf jemanden zu wälzen, zerzauste Haarmähne, schwabbelnder Bauch, und zwischendurch würde man sich besorgt fragen, ob man je seinen Schwanz wieder zurückbekäme. Überdies hatte sie die idiotische Angewohnheit, einem ihre Titte in den Mund zu stopfen, und man konnte nichts anderes tun, als einfach mit vollem Mund dazuliegen, während die griechische Göttin vom Himmel auf einen herabschaute: »Guuut, Baby? Guuut?«

Der Grieche

»Mmmm«, brachte man schließlich hervor, und das Wasser lief einem im Mund zusammen beim Gedanken an ein echtes amerikanisches Sirloin Steak, weil man in ganz Griechenland nirgends ein anständiges Steak bekommt, das ganze Land besteht aus lauter Schafen.

Die enge Gasse zwischen den weißen Mauern, hinter denen sich die Weinberge ausbreiten, mit den zwei niedrigen, gedrungenen Kirchen, schien am anderen Ende geradewegs in den blauen Himmel zu führen, fiel dort senkrecht bis zum Hafendamm hinab, Windmühlen auf der gegenüberliegenden Seite und Segelboote dazwischen, mit Töpferware oder großen Schwämmen beladene Esel ließen klipp-klapp-klipp-klapp ihre Hufe auf den Pflastersteinen klappern, an den Fenstern hingen die Fischernetze zum Trocknen, so daß einem hin und wieder eine Krabbe auf den Kopf fiel, und man mußte sie aus den Haaren klauben und zum Meer tragen und wieder ins Wasser legen, woher sie kam, und erhörte auf diese Weise ihr Gebet, die Krabben haben ja keine Kirche. Es ist eine Sackgasse, und mit den zwei Fenstern im Zimmer, das eine über dem Wasser, das andere über der Straße, ist es genau der richtige Ort, wo man stundenlang die Stellung halten kann, solange eben wie die Munition reicht oder einer dieser Mistkcrle es schafft, sich auf die flachen Dächer zu hieven, und

Romain Gary

sich mit Rauch- oder Tränengasgranaten auf dich stürzt.

Früher oder später mußte es so kommen, eine Angelegenheit von Monaten, von Wochen oder Tagen, niemand wußte es genau, auf dem Festland wurde noch nicht gekämpft, abgesehen von ein paar kleinen Morden in der Art von jenen, über die man in Büchern liest und die »grünes Licht« für politische Morde geben, Calvo Sotelo in Madrid, ein Nackenschuß, der den Spanischen Bürgerkrieg auslöste, der erste von eineinhalb Millionen Toten. Die Ausländerkolonie allerdings, die fast ausschließlich aus Engländern bestand, war nicht grundlos beunruhigt. Es waren Leute, die die ganzen vergangenen fünfzig Jahre Geschichte erfolgreich Bridge gespielt hatten, während die alte Welt, der sie angehörten, sich mit so erschreckender Geschwindigkeit veränderte, daß selbst englische Butler zur Seltenheit wurden. Sie waren seltsame Relikte aus der Kolonialzeit und sahen alle aus, als hätten sie soeben ein Empire errichtet oder verloren, auf diese ganz besondere englische Art, die sie »*completely conventional*« oder »*typically English excentrics*« wirken ließ, sie konnten daher tun oder lassen oder sich benehmen, wie sie wollten, je mehr sie sich anpaßten, desto mehr wurden sie als »*typical*« angesehen. Ihre Villen befanden sich auf der anderen Seite der Insel, aber schließlich befinden

Der Grieche

sich die Villen der Engländer immer am anderen Ende. Von der Pension aus waren es vier Meilen, und Jim schwamm sie nachts. Es gab dort keine Strömungen, die einzige Gefahr kam von den Erscheinungen, die, wenn man sich nachts im klaren Wasser zu weit vom Ufer entfernt, plötzlich vor einem auftauchen, und man will gar nicht mehr aufs Festland zurückkehren und muß sich erinnern, daß es ein Streich ist, den das Meer oft denjenigen spielt, die es zu sehr lieben. Es lockt einen weiter und immer weiter vom Festland weg, und auch wenn man der beste Schwimmer der Welt ist, kommt der Moment, wo man sich plötzlich zu weit draußen befindet, und man blickt zum schwarzen Schatten der Insel mit den Sternen darüber zurück und lacht, weil man weiß, daß man sich schließlich selbst überlistet hat und man sich genau dort befindet, wo keinerlei Hoffnung besteht, je wieder ans Ufer zu gelangen. Die Langstreckenschwimmer machen das alle durch, alle, und einige kehren nie mehr zurück. Das hat nichts mit Selbstmord zu tun, man berauscht sich einfach am Meer, an den Sternen, an der Nacht, und man schwimmt und schwimmt weit, weit im leeren Raum, und plötzlich ist man zehn Meilen von der Küste entfernt am Ertrinken. Das war Billy einmal passiert, im Catalina Channel vor der Küste von Santa Barbara, und ein weiteres Mal bei Skiathos in den Sporaden, doch jedesmal hatte ihn ein Fischerboot herausgeholt, was diejenigen, die nicht wissen, was ein Langstreckenschwimmer sucht, als »Glück« bezeichnen. Unmöglich, dies jemandem zu erklären, der sich nie schwimmend wirklich weit – neun, zehn Meilen – vom Festland entfernt hat, und man langsam den Rhythmus des eigenen Körpers verliert, spürt, wie die Substanz und die Materie verschwinden und alles, was von einem bleibt, diese Unsterblichkeit ist, die mit der Nacht und den Sternen und dem Ozean eine Einheit bildet.

Früher einmal war er imstande gewesen, im Wasser jeden zu schlagen. Man hatte ihn Ali Sayed, den Ägypter, hundertzwanzig Kilo rohe Kraft, im stürmischen kalten Wasser des Ärmelkanals herausfordern lassen, und Jim hatte mit zwei Meilen Vorsprung vor dem Ägypter, von schwarzem Schutzöl triefend, den Fuß an Land gesetzt. Ali Sayed hatte sich am Strand hingesetzt und geweint. Die Türken hatten ihm die Reise bis nach Istanbul bezahlt, um zu sehen, wir er sich von einem Schwimmer ihrer Mannschaft aus Schnauzbärtigen schlagen ließ, aber Billy war im Schwarzen Meer wiederum als erster in Arta angekommen, was ihm zehntausend Dollar eingebracht hatte. Es gab eine Zeit, da man ihn in Kalifornien den »goldenen Delphin« nannte, doch dann kam der Krieg, und er hatte in Guadalcanal eine Kugel im Nacken abgekommen,

Der Grieche

und danach war es aus. Die Zeit der hohen, fetten Preisgelder war vorbei. Es hatte eine Menge Alkohol, Zigaretten und schlechten Umgang gegeben. Er wurde erwischt, als er schwimmend nach Baja California zurückkehrte, mit vierzig Pfund Cannabis in umgeschnallten Plastiksäcken.

Alle Griechen, die er kannte, trugen Namen wie Phidias, Aristoteles, Sokrates, Apollo, alles Namen, die man auf dem Sockel der Marmorstatuen im Ortsmuseum lesen konnte, es machte Spaß, bei Sokrates ein Pfund Oliven und Käse zu kaufen und sie in Gesellschaft von Apollo zu essen und mit den bärtigen Fischern Dionysos oder Demosthenes eine Flasche Retsina zu teilen, denn Buddy wußte nie genau, ob diese Namen die von Göttern waren oder die der Gründerväter der demokratischen Partei Griechenlands, bei den Griechen war es immer das eine oder das andere, es ist immer entweder Gott oder die Demokratie. Im Moment hatten sie von beidem nicht sehr viel, die schönsten Exemplare waren in den amerikanischen Museen und die Obristen in Athen, von wo aus sie das Land regierten, und wenn man Frühaufsteher war, konnte man hin und wieder zwei Bullen und diesen Typus Zivilen, der unweigerlich die Bullen begleitet, wenn es sich um Politik handelt, an eine Tür klopfen sehen. Doch die Touristen kamen nach wie vor, weil Typhus das einzige ist, was die Touristen fernzuhalten vermag. Man begegnete eiligen, hünenhaften, bärtigen, blassen Priestern, auf dem Berg war ein Kloster, das auch ein Waisenhaus war, und all diese Popen mit ihrem riesigen silbernen Kreuz waren allesamt Tunten, und die kleinen Waisen mit ihren kahlgeschorenen Köpfen kriegten den Arsch voll oder noch schlimmer, aber eines Tages bekamen die Obristen in Athen Wind davon, und die Armee landete mit ihren Lastern und nahm zweiundzwanzig Popen mit, was ein ungewöhnliches Vorgehen war, worauf alle englischen und deutschen Schwulen schleunigst die Insel verließen, so etwas hatte man noch nicht gesehen, ein ganzes Schiff voller Schwuler und der verstört dreinschauende griechische Kapitän auf der Brücke.

Die Götter waren weg, die Demokratie vorbei, doch die Reeder waren immer noch da, und jedermann kannte ihre Namen, und Baron von Kurland, der das schönste Haus auf der Insel besaß, hatte mit seinem dünnen Lächeln, das ihn wie eine Schlange aussehen ließ, obwohl Schlangen ja nicht lächeln, Baron von Kurland hatte zu Billy gesagt: »Heutzutage sind die Reeder alles, was von der griechischen Mythologie übriggeblieben ist.«

Sie hießen Niarchos, Mavraleno, Ambrikos, Onassis. Eines Tages legte eine große schwarze Segelyacht im Hafen an, das Schönste, was Billy je gesehen hatte, so wunderschön, daß er den gan-

Der Grieche

zen Tag am Pier saß und sie bestaunte. Das Schiff schien geradewegs aus dem Geheimnisvollen zu kommen, und man spürte, daß es eine Welt für sich war, nicht diese Welt, sondern eine wirkliche Welt. Ein Einheimischer namens Petro, krausköpfig und mit einem Bart, der so mit Retsina durchtränkt war, daß man Angst hatte, ihn in Flammen aufgehen zu sehen, wenn man ihm Feuer gab, schlenderte, sich im Schritt kratzend, auf Billy zu und hockte sich neben ihn. Sie saßen beide lange stumm da, in Betrachtung der schwarzen Schönheit vertieft, ihre drei Masten ragten höher in den Himmel als der Berg im Hintergrund. Der Sohn von Joseph, dem Schneider, schwamm am Pier entlang, als sie ihn plötzlich fluchen und spucken hörten und sahen, wie er die Klippen am Strand hinaufkletterte und die Faust in Richtung des Schiffes schwang. Er war mitten in eine Müllströmung geraten, die sich, an der Oberfläche treibend, von der Yacht entfernte, und er zeigte wütend mit dem Finger auf einen auf den Wellen tanzenden Kackehaufen. Petro warf ihm einen vorwurfsvollen Blick zu. »Die Jugend von heute hat vor gar nichts mehr Respekt«, sagte er mit seiner heiseren Stimme. »Nichts mehr ist ihnen heilig! Weißt du denn nicht, du Idiot, daß diese Scheiße vielleicht aus dem Arsch von Niarchos höchstpersönlich kommt?«

Er sprach gut Englisch wie alle griechischen

Säufer, die in den Tavernen leben und mit der Zeit zu »berühmten lokalen Originalen« werden, nachdem sie Jahre damit zugebracht haben, den Touristen ein Glas Wein herauszuleiern. Er hatte etwas Trauriges an sich, das Bill sehr mochte. Es gab wenig echt traurige Leute in der Gegend. Mistkerle sind nie traurig.

Die Tage vergingen, auf strahlende Sonne folgte ein glitzernder, tiefblauer Himmel, der etwas wie ein goldenes Nichtdasein in sich barg, Heiterkeit nennt man das, und milde, beruhigende, reinigende Nächte, denn die Dunkelheit tröstet die Ruhelosen, die Verwirrten und Verlorenen. Billy fühlte sich nicht etwa verwirrt oder verloren. Nur ruhelos. Doch zu leben bedeutete genau das, ruhelos zu sein. Man wußte schlicht nicht, was zum Teufel das alles sollte, außer wenn man im dunklen Wasser weit in die Nacht hinausschwamm, und über einem Milliarden Lichter und zwischen den Wellen erschauernde lange silberne Schweife, und das Wasser war warm und kalt, warm an der Oberfläche und kühler darunter, wenn man zu den vier Meilen östlich vom Hafen entfernten Unterwasserriffen tauchte, wo das Wrack der *Demetrios* lag, eines Handelsschiffs, das vor langer Zeit geplündert worden war, und man geradewegs durch das Bullauge in die Kabine des Kapitäns schwimmen und die Fische begrüßen konnte.

Der Grieche

Greta hatte eine Affäre mit einem Jüdelchen aus Brooklyn namens Peyte Meyerowitz, einem Buchhalter, der ausgestiegen war und in einer griechischen Pension lebte, und jeden Abend nach Sonnenuntergang wurde Greta durch und durch griechisch und mythologisch, sie war die große Göttin Erde, und das erklärte, warum sie mit jedem vögelte. Am Strand wimmelte es von lausiger Mythologie. Sie galoppierte fadennackt über den Strand von Karamanli, wohin man nur mit dem Schiff gelangte, und ihre Arschbacken wackelten und ihre Titten schüttelten ihre dreißig Pfund in einer Art heidnischem Tanz, der sie mit der griechischen Antike verband, und Meyerowitz mußte sich mit einem Feigenblatt vor seinem ingwerblond behaarten Schwanz im Schneidersitz in den Sand setzen und Flöte spielen, der kümmerlichste Buchhalter, den man je gesehen, mit Brillengläsern vor seinen traurigen Augen, und Bill, der oft hinüberschwamm, um im Sand zu schlafen, sagte sich, daß die Deutschen den Juden doch genug angetan hatten, doch Meyerowitz sagte ihm, er soll sich um seinen eigenen Kram kümmern, es sei nicht seine Schuld, wenn er, im Gegensatz zu Billy, nicht wie ein griechischer Gott aussehe, er sei trotzdem ein heidnischer Anbeter des Lebens, scher dich zum Teufel, wir leben in einer Demokratie. Er redete von den griechischen Satyrn, so wie nur ein Buchhalter es tun kann. Und die ganze Zeit redete er von Lebenskraft, mit diesem anklagenden Ausdruck in den Augen, mit seinen schweren roten, ewig roten Lidern, man mußte den Kerl einfach gern haben, weil in ihm ein Traum war, ein großer goldener Traum von etwas ganz anderem. Doch alles, was er für diesen Traum tun konnte, waren seine Liegestütze.

Eines Tages, als er zu seiner gewohnten eineinhalb Minuten dauernden Meditation unter Apnoe zum Unterwasserwrack tauchte – auf dem Meeresgrund ist selbst der häßlichste rostige Erdöltanker von Geheimnis und Schönheit umwoben –, sah Billy einen Körper unter der Kommandobrücke schweben, der sich in einem Netz aus rostigem Draht und verbogenen Ketten verfangen hatte. Der Mann hatte langes blondes Haar, das einzige an ihm, das noch zu leben schien und im Ultramarin schwebte und sich wellte, und einen blonden Bart, und die ausgeprägt männlichen Gesichtszüge waren aufgedunsen, aber noch unversehrt wie seine weit offenen blauen Augen, die starr, ja fast streng auf Bill gerichtet waren. Der Tote und der Lebende schwebten einander gegenüber, und zwischen ihnen nur die Ewigkeit. Bill stieg auf, um Luft zu holen, tauchte dann wieder, obwohl der Gedanke, das Wasser mit diesem Toten zu teilen, ihn mit einem primitiven, fast abergläubischen Ab-

Der Grieche

scheu erfüllte, aber in den harten Gesichtszügen und in den starren Augen des Ertrunkenen lag ein stummer Befehl. Dann schwamm er ans Ufer zurück und erzählte niemandem von seiner Begegnung, als habe er dem toten Mann das Versprechen gegeben, ihn nicht zu verraten. Dann, als er ein paar Tage durch die engen weißen Gassen spaziert war, in denen die Eselhufe auf dem Kopfsteinpflaster hallten, sah er einen Aushang an der Wand des Tabakwarenladens, wo eine Gruppe lärmender Touristen vom eben gelandeten »*Zwei Wochen Traumaufenthalt in der Wiege der Zivilisation für achtzig Dollar*«-Kreuzschiff Ansichtskarten aussuchten; er konnte weder Griechisch lesen noch Griechisch sprechen, aber auf dem Aushang stand eine Zahl, »*30 000 Drachmen*«, und darunter starrte ihn das Gesicht des Ertrunkenen an, genau das gleiche Gesicht, das zerzauste lange Haar und der struppige Bart, die starren Augen. Ein Mörder, ein Schwerverbrecher, ein Drogenschmuggler, oder handelte es sich wiederum um Politik? In ganz Griechenland gab es Männer, die vor dem Recht oder vor dem Unrecht flohen.

Er ging pfeifend weiter, er pfiff immer, wenn er traurig oder verwirrt war, und wenn die Traurigkeit und dieses Etwas, was einer Frage glich, die er weder klar formulieren noch aus seinem Kopf und seiner Seele verscheuchen konnte, immer bohrender und immer quälender wurde, nahm er seine Gitarre und sang, und das war es, warum alle ihn »den Glücklichen nannten«, und er mußte darüber lachen.

In Zephnos sprach niemand über Politik, nicht mit ihm jedenfalls, und die wenigen Leute, die Englisch sprachen, begnügten sich damit zu erklären, sie hätten mit Politik nichts am Hut, und seltsamerweise waren es immer die Reichsten im Dorf. Petro gegenüber erwähnte er den Aushang trotzdem, wer ist dieser Mann, was hat er getan, daß er der Regierung dreißigtausend Drachmen wert ist? Petro saß mit nacktem Oberkörper auf der Mole und betrachtete mit Kennerblick die Yachten, spielte den berüchtigten Inselsatyr, einen verlassenen Neptun und *Come-and-get-me*-Zorbas-der-Grieche für die Kameras der Touristen, in Positur für die Kodachromefilme und die Farbdias, mit dem rot tätowierten, durch sein weißes Brusthaar segelnden Kaik. Er hatte das Gesicht eines Don Quichotte und den Körper Sancho Pansas, der zwei berühmten Comic-Helden, deren Abenteuer Bill in den *Miami News* verfolgte. Er trug ein rotes Tuch um den Hals und eine Mütze des *New York Yacht Club* mit einem Badge und einem goldenen Anker.

»Petro, wer ist der Kerl auf dem Aushang?«

Petro spuckte ins Wasser. »Ein großer Mann!« erklärte er.

»Was meinst du damit?«

»Ich sag's dir doch: ein großer Mann, reicht das nicht?«

»Was ist so groß an ihm?«

»Er war ein großer Dichter.«

»Hör auf. Es gibt keinen Dichter, der dreißigtausend Drachmen wert ist.«

»So viel ist ein Dichter der Armee wert«, sagte Petro. »Und sogar noch viel mehr.«

»Hast du seine Gedichte gelesen?«

»Er hat nie welche geschrieben.«

»Bist ein altes Arschloch!«

»Die Freiheit!« erklärte Petro. »Das größte Gedicht aller Zeiten! Aber es ist noch nie geschrieben worden. Und wird es nie werden. Oder eines Tages vielleicht. Aber es wird Tausende von Toten kosten. Und daher wird dir jeder, der kein Dichter ist, sagen, daß es sich ganz einfach nicht lohnt, es zu schreiben. Und damit hat es sich.«

»Ach, leck mich doch ...«

Doch als Billy dem fetten Karajuglo, der in seinem Kochkittel wie ein fettes Gespenst durch seine Pension geisterte, die gleiche Frage stellte, zog dieser ihn in eine Ecke, obwohl weit und breit niemand war, und erklärte ihm, der Dreißigtausend-Drachmen-Mann sei das Haupt einer Untergrundorganisation, die gegen die Obristen war, er sei verraten und gefangengenommen und in ein

Konzentrationslager auf der Insel Dervos verschifft worden, sei aber geflüchtet, eine unglaubliche Leistung, denn die Insel sei ein nackter Felsen und von Marine bewacht, und niemand wisse, wie der Kerl es geschafft hatte zu flüchten.

Kirios Karajouglou war sehr aufgeregt, er fuchtelte wild mit seinen kurzen, dicken Armen, die aus seinem Kochkittel lugten – er trug ihn direkt auf der nackten Haut, das Fleisch war weiß und schlaff, was einen Kontrast zu seinem braunen Gesicht, dem schwarzen Haar und dem glänzendschwarzen Schnauzbart bildete, es sah beinahe so aus, als hätte man die dunkleren Schichten entfernt, um sie zu kochen –, so daß Billy sich fragte, ob es die Heldentat des Toten war, die den Pensionswirt mit einer solchen Ehrfurcht erfüllte, oder die Höhe der ausgesetzten Belohnung. Am nächsten Morgen schwamm er nochmals zum Felsen hinüber und tauchte, um sich die dreißigtausend Drachmen, die niemand je bekommen würde, aus der Nähe anzusehen. Er stellte fest, daß sich das Gesicht des Mannes je nach dem, was man von ihm wußte, vollständig veränderte. Er wirkte jetzt stolz, wie eine jener Figuren, die den Bug der Schiffe schmücken. Er befreite die Leiche aus den Felsen, schleppte sie rund hundert Meter in Richtung der Strömung, die den toten Griechen ins offene Meer tragen würde, wie es sich für ihn gebührte.

Der Grieche

Am nächsten Morgen wurde ein ganzer Teil der Insel nördlich des Piers von der Militärpolizei abgesperrt, und ein Schiff mit Hunderten Gefangenen an Bord legte an, und Billy beobachtete sie von der alten Festung aus, die vor etwa siebenhundert Jahren von den französischen Kreuzrittern gebaut worden war. Die Gefangenen saßen auf Deck und warteten, und dann kam eine Gruppe von fünfzig oder mehr Inselbewohnern und wurde, von Soldaten mit Maschinenpistolen eskortiert, an Bord gebracht. Worauf das Schiff ablegte, und die Touristen konnten wieder auf diesem Teil der Insel spazieren und ihrem Vergnügen nachgehen, die alte Festung knipsen oder von den Klippen springen, und ihr Lachen und ihre Stimmen hallten auf deutsch wider, auf englisch, auf französisch zwischen den glühendheißen Felsen, den weißen Mauern und den Steinen der Festung. Billy stellte fest, daß in den gepflasterten Gassen ein paar vertraute Gesichter fehlten, und er sah schwarz verschleierte schluchzende Frauen, und Petro betrank sich dermaßen, daß Freunde ihn aus der Taverne schleppen mußten, und in den kleinen Kirchen drängten sich so viele singende und betende Menschen, daß man glaubte, die Kirchen würden sich demnächst in die Luft erheben und von den Gebeten getragen gen Himmel entfliegen.

Vom höchsten Punkt der Zitadelle aus konnte

man die gut fünfzehn Meilen Luftlinie entfernte Insel Dervos sehen, Billy war einmal hinübergeschwommen und hatte alle Mühe gehabt, sich an dem senkrecht aus dem Meer ragenden Felsen mit den Hunderten, Tausenden kreischenden Vögeln festzuhalten. Er hatte fast zwei Stunden gebraucht, um aus dem Wasser steigen zu können und einen Pfad zu finden, und alles, was er inmitten der schwarzen Lava des erloschenen Vulkans entdeckte, waren die Ruinen einer türkischen Festung und auf der anderen Seite der Insel ein Dutzend weißer Fischerhäuser, und einer der Fischer hatte ihn im Boot zurückgerudert. Niemand hatte ihm geglaubt, als er erzählte, er sei fünfzehn Meilen geschwommen, und Petro hatte ihn den erbärmlichsten Lügner genannt, dem er je begegnet sei, und in der Taverne hatten ihn alle ausgelacht, und es ist merkwürdig, wie wenig die Fischer, die doch am Meer leben, vom Schwimmen verstehen und sich noch weniger dafür interessieren. Er hätte ihnen erklären können, daß er die Strecke nicht auf einmal zurückgelegt hatte, doch obschon jedermann wußte, wo sich die sieben Unterwasserriffe befanden, konnte keiner von ihnen glauben, daß ein Mann ohne triftigen Grund eine solche Strecke schwimmt, und noch dazu, ohne dafür bezahlt zu werden. Ihr ganzes Leben war ein harter Kampf ums Dasein, den sie aufnehmen muß-

Der Grieche

ten, um ihre Familien zu ernähren, und nur ein Wahnsinniger konnte seine Energie derart verschwenden, sein Leben aufs Spiel setzen und seine Kräfte aufs äußerste testen, und dies aus keinem anderen Grund, als dem Ruf des Meeres zu folgen. Billy hatte wie sie gelacht und die ganze Geschichte als Scherz abgetan, es war viel besser, für einen Lügner als für einen Dummkopf gehalten zu werden. Schließlich hatte er viel größere Gefahren und viel längere Strecken überwinden müssen längs der Küste von Baja California, ohne eine Stelle, wo er hätte ausruhen können, und nur in Gesellschaft der Haifische. Auf einem jener Ausflüge, einer sechs Meilen langen Strecke, hatte er fünf Kilo Mohnextrakt auf dem Rücken transportiert. Von Chado und Tamiz, die mit ihm schwammen, hatte er nie mehr etwas gesehen oder gehört, denn die Schnellboote, die sie auf halbem Weg, auf der anderen Seite der Grenze, hätten an Bord nehmen müssen, waren nie aufgetaucht.

Später, als er versuchte sich vorzustellen, was im starren Blick des Toten gewesen war, das ihn bewogen hatte, nochmals zur Insel zu schwimmen, fiel ihm nur eine Antwort ein, nämlich daß es sich wieder um etwas Griechisches handelte, um etwas, worüber hier alle sprachen. Schicksal nannten sie es. Oder es war vielleicht Petro gewesen, der sich, nachdem er aus einem zwei Nächte dauernden Alkoholkoma aufgewacht war, draußen auf dem Pier zu ihm gesetzt hatte, bei Sonnenuntergang, wenn der Himmel plötzlich aussieht wie eine klaffende Wunde und das Blut sich in das sich verdüsternde Ultramarin und Violett ergießt. Es war eine angenehme Tageszeit, um dort zu sitzen und den Himmel zu betrachten und Gitarre zu spielen und plötzlich die Saiten loszulassen, wenn die blaue und rote Pracht sich jäh in eine Tragödie verwandelte, als ob etwas, was als stürmisches Spiel zwischen Himmel und Erde begonnen hatte, sich jäh in ein Blutbad verwandelte.

»Hast du nicht einmal erzählt, daß du von hier bis Dervos geschwommen bist?« fragte Petro.

»Vielleicht, mag sein.«

»Glaub ich dir nicht.«

Billy schwieg.

»Warum lügst du mich an, mich, deinen besten Freund hier am Ort?«

Petros Stimme bibberte im Falsett geheuchelte Vorwürfe. Er trug einen Goldring am linken Ohrläppchen, seine Augen unter den buschigen Brauen funkelten schalkhaft, was die Menschen mangels eines besseren Wortes Lebenskraft nennen. Seltsam, was für einen edlen Ausdruck das Gesicht eines Halunken manchmal haben kann, dachte sich Billy, die Saiten seiner Gitarre zupfend, und

Der Grieche

seine Finger fanden ihren Weg zu den *riders in the sky.*

»Vergiß es.«

»Bist du diese Strecke geschwommen oder nicht?« schrie Petro.

»Das kann dir doch egal sein, oder?«

»Niemand kann so weit schwimmen. Und wie bist du aus dem Wasser gestiegen, wie? Die Felsen sind steil. Fallen dreißig Meter ...«

»Es ist möglich. Es gibt einen Pfad.«

Petro spuckte ins Wasser.

»Ich weiß, daß es einen Pfad gibt. Wollte dir nur auf den Zahn fühlen. Bist also tatsächlich hinübergeschwommen.«

Billys Finger gingen zu *Don't tell me nothing, just love me so* über. Es gab überhaupt keinen Grund, warum er sich in diesem Moment an den Dreißigtausend-Drachmen-Ausdruck in den Augen des ertrunkenen Rebellen hätte erinnern sollen. »Die Freiheit«, sagte er sich plötzlich. »Dreißigtausend Drachmen Freiheit.« Er lachte.

»Was ist?« bellte Petro.

»Nichts.«

Petros Augen blitzen listig auf. Er warf Billy einen spöttischen Blick zu. »Treibt sich hier ein Tourist herum, der von deiner Angeberei hat reden hören. Er ist selber Schwimmer gewesen, in der englischen Olympiamannschaft ...«

Billys Finger hörten zu spielen auf. »Wie heißt er?«

»Woher soll ich das wissen? Alles, was ich weiß, ist, daß er bereit ist, tausend Drachmen zu wetten, daß du es nicht schaffst, die Strecke zu schwimmen.«

»Sag ihm, er soll zweitausend wetten.«

Petros Gesicht erstarrte, er kniff ein Auge zu, um sich auf das andere konzentrieren zu können, und warf Billy von der Seite einen respektvollen Blick zu.

»Bist du sicher, daß du's schaffst?« fragte er mißtrauisch.

»Ich glaube nicht, daß ich es schaffe, zurückzuschwimmen«, sagte Billy. »Vielleicht bis zum ersten Riff. Was geht's dich an?«

»Was es mich angeht ...?« stöhnte Petro. »Hör mir gut zu. Wir sind eine Gruppe von Freunden, die bereit sind, auf dich zu setzen. Der Typ nimmt die Wette an. Jede Wette, verstehst du? Er stinkt reich.«

»Ist stinkreich«, korrigierte Billy.

Petro senkte ehrfürchtig die Stimme, wie es sich für einen Mann gehört, der vom großen Geld spricht. »Wir sind bereit, fünftausend Drachmen zu wetten, daß du es schaffst. Und wenn du verlierst, bezahlen wir dir zweitausend Drachmen.«

»Wenn ich verliere, bin ich es, der bezahlt«, warf

Billy ein. »Wenn ich es nicht schaffe, bedeutet das, daß ich den Löffel abgegeben habe.«

»Was für einen Löffel?« fragte Petro erstaunt.

»Das ist so eine Redensart. Bedeutet tot.«

Petro musterte ihn stumm. Man konnte in seinen Augen fast dreitausend Jahre Betrügen und Betrogenwerden und das Abwägen von Risiken sehen. Eine sehr alte Zivilisation, die Griechen!

»Wirst natürlich beweisen müssen, daß du tatsächlich rübergeschwommen bist.«

»Kein Problem. Der Kerl im Dorf drüben kann es bestätigen.«

»Ist niemand mehr im Dorf drüben«, brummte Petro düster. »Sind alle auf eine andere Insel gebracht worden. Die Insel ist jetzt ein Gefängnis. Ein politisches Gefängnis. Sie haben dort Baracken gebaut, und sie wird von allen Seiten bewacht ... bloß auf der steilen Seite nicht. Aber der Engländer gibt dir eine kleine Kamera mit, und alles, was du tun mußt, ist ein Bild zu knipsen, vielleicht sogar zwei oder drei, und wir haben alle unsere Wette gewonnen. Wer zuletzt lacht, lacht am besten, und der Typ guckt in die Röhre. Was sagst dazu?«

Petro hatte ganz offensichtlich Angst. Eine Mordsangst, man hörte es vor allem seiner Stimme an, als sei er außer Atem. Und er spuckte wütend alle paar Worte ins Wasser, Menschen sind oft wütend, wenn sie Angst haben. Man sah zur Zeit jede Menge verängstigter Griechen, ihre Gesichter verdüsterten sich, und sie schauten weg, wenn Touristen anfingen von Politik zu sprechen oder die »Obristen«, die »Demokratie«, die »Freiheit« oder andere Dinge erwähnten, Wörter, die Touristen sich erlauben können laut auszusprechen, weil die Touristen die Wirtschaft beleben, etwas, was die Griechen brauchen, Wirtschaftsbelebung, was auch immer das bedeutet. Dem »Kleinen« war die Politik so lang wie breit, sie gehörte zu den Dingen, vor denen er wegschwamm, sie war Teil des Mülls und des Drecks, den man überall auf dem Festland antrifft, Dinge, die ihn hatten Langstreckenschwimmer werden lassen. Natürlich, man kann nicht ein für allemal davonschwimmen, doch nachdem man Teil des Ozeans oder des Meeres gewesen ist, beginnt man zu spüren, daß das Festland und all die damit im Zusammenhang stehenden Leckereien nicht Teil deiner Welt sind, sie gehören zu einem anderen Planeten, man wird zu einem Außerirdischen, sozusagen. Doch es war nicht lustig, ja es war sogar traurig, wenn ein alter Mistkerl, ein Schnorrer, ein Säufer wie Petro mit seiner Piratenfresse plötzlich Angst zu haben schien. Er schaute sogar um sich, als wolle er sich vergewissern, daß ihnen niemand zuhörte. Doch auf dem Pier war außer ihnen niemand.

»Wer ist der Kerl?«

Der Grieche

»Engländer«, sagte Petro beruhigend, als sei dieses Wort allein Gewähr für Vertrauenswürdigkeit, Sicherheit und Verschwiegenheit. »Ein englischer Gentleman.«

Er dachte an Dronner. Er hatte schon seit Wochen nichts von ihm gehört. Sie waren auf Kreuzfahrt.

»Hör mal, Petro, du erzählst mir besser die ganze gottverdammte Wahrheit, weil sie drüben in Dervos Maschinengewehre haben.«

Petro spuckte zornig ins Meer. Der Bursche hatte mehr Spucke in sich als sämtliche anderen Lügner, denen Billy je begegnet war. Dann starrte er den »Kleinen« düster an. Jemand zu trauen ist eine große Entscheidung, die größte. Man kann es ein- oder zweimal im Leben tun und überleben, doch es setzt eine ganze Menge Urteilsvermögen voraus.

»Wie soll ich das wissen?!« brüllte Petro, und und das war wieder Mordsschiß, und das ließ einen schwach werden. »Der Tourist. Er hat gesagt, er sei ein sportbegeisterter Gentleman, weißt du? Die Engländer haben sogar die Absicht, hier einen Golfplatz zu bauen.«

Er schluckte mühsam.

»Ein Journalist.«

Billy nickte. So war das also! Der Mann verlangte von ihm, daß er bis zur verbotenen Insel schwamm und ein paar Aufnahmen vom Konzentrationslager machte. Niemand hatte es bisher geschafft. Ein amerikanischer Journalist hatte die Insel mit einer kleinen Maschine überflogen und war mit durchschossenen Propellern und Flügeln im Wasser gelandet, und große Schnellboote umkreisten die Insel, und die Fischer mußten ihre Netze anderswo auswerfen, so daß die Gefängnisinsel zu einem Schongebiet für die Fische wurde. Alles hing von der Sicht der Dinge ab, ob man sich eher um die Fische oder um die Menschen sorgte.

»Ich spreche wohl besser mit ihm«, meinte Billy. Was er auch tat.

Die Taverna *Zographo* war die größte am Strand, und sie war so tief, daß die Hitze einen nicht einholen konnte, überdies hingen drei riesige elektrische Ventilatoren an der Decke, so daß es fast keine Fliegen gab. Der Raum war vor zweihundert Jahren oder noch länger in den Berg gehauen worden, als die Insel noch in den Händen von Piraten oder Freibeutern war, die die vorbeifahrenden türkischen Schiffe plünderten und die Insel säuberten und die Paschas ermordeten und deren Frauen im Harem vergewaltigten, und in den Büchern im Inselmuseum kann man ihre Geschichten und ihre Namen nachlesen. Diejenigen, die von den Türken festgenommen wurden, wurden gepfählt, was

Der Grieche

auf türkisch dem Kreuzigen entspricht. Auf der einen Seite gab's eine lange Theke mit verschiedensten Vorspeisen, und der Stanz mit frischen Pizzas war der Treffpunkt der deutschen, amerikanischen, englischen und holländischen Hippies, doch schwedische oder dänische Hippies kamen wegen der Demokratie nicht mehr nach Griechenland. Zographos war ein Koloß, ein ehemaliger Euzone, wie die Soldaten der königlichen Infanterieelitetruppe genannt werden. Man kann sie in Athen vor dem leeren Palast von König Konstantin Wache stehen sehen, riesige Kerle, die aufgrund ihrer Körpergröße ausgesucht werden, sie tragen kniekurze weiße Faltenröcke und ein rotes Tuch um den Hals, ein prächtiger Anblick, wenn sie bei der Wachablösung auf und ab stelzten wie die königliche Garde vor dem Buckingham-Palast. Der König befand sich nicht mehr in Griechenland, aber die Euzonen hielten um der Touristen willen immer noch Wache. Wirtschaftsbelebung. Die Kerle waren das Entzücken jedes Schwulen, man sah die Tunten unter die kurzen Röcke linsen und die gewaltigen muskulösen Schenkel bewundern, und einige von ihnen fielen in Ohnmacht, und jeden Monat erlagen ein paar Schwule einem Herzinfarkt. Zographos und Kirios Saradjouglou waren einander spinnefeind, niemand wußte genau warum, wahrscheinlich weil der Besitzer des *Stol-*

zen Fisches gleich neben der Taverne ebenfalls verschiedenste Vorspeisen und Pizzas über die Gasse verkaufte.

Sie hatten sich für fünf Uhr nachmittags verabredet, wenn die Sonne zu bluten beginnt. Die Taverne war fast ausgestorben, weil zu dieser Tageszeit eine frische Brise vom Meer her weht, so daß alle draußen saßen, damit beschäftigt, die Luxusyachten zu bestaunen, und die jungen Mädchen zeigten ihr Bestes und spazierten an der Uferpromenade auf und ab, und die griechischen Zeitungen veröffentlichten täglich Photos von ihnen, um zu beweisen, daß es nicht stimmte, daß die Obristen etwas gegen Bikinis hatten.

Billy erkannte den Mann gleich unter den türkischen Kaffee oder Ouzo trinkenden Gästen.

Eine ungewöhnliche Erscheinung, mit der Art Gesicht, nach dem man sich zweimal umwendet. Eine stark angegraute blonde Mähne, ein braungebranntes, sehr braungebranntes, ein sonnenverbranntes Gesicht mit einem Kinn, das offenbar manchen Faustschlag einzustecken vermochte. Kiefer sind notorische Aufschneider, man kann sehr wohl eine Visage mit kräftigen Kinnbacken besitzen und nichts dahinter. Doch der war nicht von dieser Sorte. Die wie Flügelchen hervorstehenden, kupferrot schimmernden dichten Brauen waren über der Nasenwurzel zusammengewach-

Der Grieche

sen, und die Augen, die Nase und der Mund erzählten die gleiche Geschichte wie das Kinn, und es konnte ja nicht sein, daß alle logen. Billy hatte mit der Zeit vieles über Abenteurer gelernt, und als er in der Tür stand und den Journalisten musterte, sagte er sich, daß eine solche Visage unweigerlich die Aufmerksamkeit auf sich zog, weil man nicht unbemerkt vorbeigehen konnte. Ein ungewöhnliches Aussehen nützt nicht viel, wenn man kein hieb- und stichfestes Alibi hat.

Er setzte sich.

»Was nehmen Sie?« fragte der Mann.

Die Stimme erinnerte ihn an etwas oder an jemand, er konnte sich nicht erinnern, an wen oder an was. Dann fiel es ihm wieder ein. Sein Vater hatte eine solche Stimme gehabt. Eine tiefe, volltönende Stimme, in der immer ein unnötiges Donnern schwang, selbst wenn er einfach sagte: »Reich mir das Salz!« Eine Stimme, in der permanent ein unbestimmter Zorn schwang, als ziele er auf den Kern der Welt und des Lebens selbst, sein Vater war Schwimmtrainer an der UCLA gewesen; als Billy fünf war, hatte er angefangen, ihn zu trainieren, und er war es gewesen, der aus ihm einen Langstreckenschwimmer gemacht hatte.

»James«, stellte sich der Mann mit einem angedeuteten Lächeln vor, als würden sich seine Gesichtszüge einer großzügigeren Anstrengung widersetzen. »Aber James ist nicht mein Vorname, obwohl die Leute es allgemein annehmen. Es ist ein Familienname. John James also. So alltäglich, daß er geradezu originell ist. Ich bin Sportjournalist.«

»Angenehm«, murmelte Billy, und sie verschanzten sich beide hinter einem Schweigen, das es noch schwieriger macht, das zu sagen, was noch gesagt werden muß, weil jeder genug weiß.

Draußen hörte man das Geräusch der vom Wind aufwachenden Schiffe, das Keuchen und Husten des grün-roten Motorboots, das zwischen dem Hafen und den Stränden verkehrte, zu denen man auf dem Landweg nicht hinkam, und manchmal hielt man das Summen einer Fliege für ein Motorengeräusch und ein fernes Kaik auf dem Meer für das Summen einer Fliege.

Der Mann spielte mit einer englischen Zigarette und beobachtete Billy mit dem musternden Blick eines Fachmanns, als frage er sich, welcher Teil von Billy der bessere Kauf war.

»Noch nie von einem Schwimmer gehört, der die Strecke geschafft hat«, sagte er dann. »Ich glaub im übrigen keine Sekunde daran, daß Sie es schaffen. Ein Freund von mir ... hmm ... ist bereit zu wetten. Sie werden selbstverständlich entschädigt dafür. Ich bin der zweifelnde Thomas-Typus. Mag es, Geschwätz zu demystifizieren. Griechische Legenden ... Ich wünschte, ich wäre dabeigewesen.

Der Grieche

Die Wahrheit über Achilles, Odysseus ... bin ein Pedant in Sachen Realismus. Habe mein Leben lang Helden vom Sockel gestürzt. *Well*, vielleicht schaffen Sie es. Ich für meinen Teil bin bereit, tausend Dollar bar zu bezahlen. Aber Sie müssen beweisen, daß Sie drüben an Land gegangen sind. Ein photographischer Beweis.«

»Sie bieten mir tausend Dollar dafür, daß ich hinüberschwimme, die Felsen hinaufklettere und das Konzentrationslager photographiere«, sagte Billy. »Das ist fünf Jahre Knast wert, was mehr als tausend Dollar ist.«

»Vergiß es«, sagte der Mann.

»Verdammt nicht, ich brauch die Moneten!«

Der Mann nippte an seinem Ouzo mit dem offensichtlichen Widerwillen eines echten Cockney, der jeglichen Alkohol verabscheut.

»Sie überlegen sich also mein Angebot?«

»Das hab ich nicht gesagt. Ich gebe Ihnen bloß eine Chance. Sie geben mir jetzt die tausend Dollar, und ich zeige Sie nicht bei der Polizei an.«

Der Mann schien den Ouzo plötzlich zu genießen, oder vielleicht suchte er im Alkoholgehalt einen moralischen Trost. Seine blassen blauen Augen blickten eine Spur heller, doch Schiß hätte man das nicht nennen können. Mr. Jones liebte den Nervenkitzel, man spürte es. Seine Zunge, seine leuchtendrosa Reptilienzunge, die nach jedem

Schluck über die Lippen fuhr, drückte genau das aus, daß er die Spannung in höchstem Maße genoß. Seine Mähne war ungewöhnlich gepflegt, mit einem schnurgeraden Scheitel in der Mitte, der direkt auf Billys Stirn zielte.

Er schnalzte mit der Zunge. »Wir sind zu zweit, Sonny«, sagte er und leckte die Lippen. Noch ein Schluck Ouzo. Ein Nicken. »Zu zweit und reisen getrennt. Tu das, und du wirst die längste Strecke schwimmen, die jeder Langstreckenchampion imstande ist zu schwimmen, von hier bis in die Ewigkeit! Versuch nie mehr, Mr. Jones zu drohen, Sonny. Dieser Mr. Jones gleicht keinem Mr. Jones, dem du je in deinem Leben begegnet bist. Er ist sehr besonders. Ganz anders. Er ist einzigartig.«

»Wozu brauchen Sie das Photo?« fragte Billy.

»Zeitschriften. Ein gutes, scharfes Photo des unmenschlichsten Konzentrationslagers der Obristen, was man einen Knüller nennt, mein Junge.«

Die Engländer haben eine drollige Art, »mein Junge« zu sagen, dachte Billy, als würden sie dir eine ganz besondere Ehre erweisen, überhaupt das Wort an dich zu richten, du hast plötzlich den Eindruck, als seist du ihr Laufbursche.

»Besitzen Sie einen Presseausweis?«

Er besaß einen. Peter Alexander Jones, samt seinem Photo, auf dem er aussah wie ein Offizier und Gentleman, und darunter stand: »Sonderkorrespondent, Mittlerer Osten, Nigeria, Sudan, Gültigkeit ein Jahr.«

»Soll wohl ein Scherz sein«, sagte Billy.

Der Mann nickte. »Genau. Wenn du je ein Dokument brauchst, Junge, brauchst bloß mich zu fragen. Reisepässe, Geburtsurkunden. Totenscheine. Ich kann dir den schönsten Totenschein überhaupt ausstellen, Junge. Brauchst nur zu fragen.«

Billy stellte sein Glas hin.

»Es wird Sie fünftausend Dollar kosten, und Sie geben mir die Hälfte im voraus, weil ich vielleicht nie mehr zurückkehre.«

»Ich habe gehört, du seist schon mal rübergeschwommen.«

»Richtig. Die Strecke ist nicht das Problem. Aber ich bin nicht sicher, ob ich die Felsen hinaufklettern und das Photo knipsen kann. Maschinengewehrstellungen. Patrouillen. Vor ein paar Wochen sind Journalisten von der türkischen Grenze aus herübergeflogen, nur gerade um ein paar Luftaufnahmen zu machen, und sind spurlos verschwunden, niemand weiß, was aus der Maschine geworden ist.«

»Neugierde ist ein gefährliches Laster, was?« meinte Mr. Jones. »Doch ich kann dir ein bißchen helfen. Insiderinformationen. Dort gibt's eine gemütliche kleine Höhle, von dort aus kann man hinaufklettern, von der Höhle bis zuoberst, oder fast.«

Petro! dachte Billy. Das alte Scheusal hatte geplaudert. Es fiel ihm schwer, es zu glauben, doch niemand sonst hätte dem Fremden diese Information geben können.

II

Die Terrasse hing fünfundzwanzig Meter über dem Ägäischen Meer, Marmor, Säulen, Amphoren und die üblichen Skulpturen, die in Griechenland zu den Luxusvillen gehören, eine klassische Zurschaustellung von Proportionen, deren Vollkommenheit an Anmaßung grenzt. Die Villa selbst war eingebettet im Grünen, umgeben von rosafarbenen, roten und violetten Anemonen, die vom Triumph der Gärtner über den Felsen und den kargen Boden zeugten. Sie gehörte einem Engländer, und aus einem Joyce unbekannten Grund stand über dem Eingang das Wort *Peace* in goldenen Buchstaben, und obwohl man weder das Wort noch den Begriff in Frage stellen konnte, hatte sie den Eindruck, als bestehe ein Widerspruch zwischen dem Wort und dem protzigen Luxus des Anwesens. Die Möbel waren alle echte Antiquitäten, die Bilder waren so wertvoll, daß man sich fragte, warum sie nicht schon längst gestohlen worden waren, und jedesmal war man darauf gefaßt, einen griechischen Reeder im Staub-

Der Grieche

sauger zu finden, wenn man den Teppich säuberte. Wie war Mr. Jones zu dieser Villa gekommen, und warum war sie ihm *für nichts* überlassen worden, was nicht mit ihren ideologischen Überzeugungen übereinstimmte, denn es schien zu beweisen, daß die Milliardäre, die klassischen Ausbeuter des Volkes, wie sie es gelernt hatte, mit der Freiheit sympathisieren konnten und gegen die Unterdrückten waren.

Das Ägäische Meer und der Himmel hatten offensichtlich nie vom Nebel reden gehört, vom dunstigen Licht, wo das Wasser und der Himmel in einem großen Durcheinander undeutlicher Grenzen zwischen Wasser und Luft ineinander verschmolzen; es war ein klassisches Meer, sofern Klassizismus Präzision und scharfe Umrisse bedeutet. Man hätte beinahe die Wellen zählen können, und der Horizont war eine gebrochene Linie und nicht eine Gerade wie sonst.

Mr. Jones preßte das Fernglas an die Augen, unter dem schmalen blonden Oberlippenbart zeichnete sich ein befriedigtes, ja ironisches Lächeln ab.

Sie mochte Mr. Jones nicht. Was nichts damit zu tun hatte, daß Mr. Jones ein Söldner war. Man mußte einer sein, selbst wenn man auf »noble Sachen« spezialisiert war, denn sein Ruf eines Profis und seine beträchtlichen Erfolge gegen alle Widerstände konnten nur von einem Mann errungen werden, der weder berufliche Verpflichtungen noch finanzielle Sorgen hatte und keine Zeit für das finanzielle Überleben verlieren mußte. Um diesen außergewöhnlichen Grad an Effizienz zu erreichen, mußte man ein vermögender Gentleman sein, was heißt, daß man früher oder später für die geleisteten Dienste entschädigt wird. Was Joyce an ihrem Kollegen nicht gefiel, war seine Ironie, die ihm selbst in den tragischsten und gefährlichsten Situationen nie abhanden kam. Äußerlich wirkte er etwas welk wie alle alternden und blonden Engländer, mit schlaffen Gesichtszügen und etwas zu blassen blauen Augen. Seine Stimme war leicht krächzend und heiser, als hätte er sein Leben damit zugebracht, an den Straßenecken Waren auszurufen. Seine durchscheinend hellen Augen, das rosige Gesicht, das eher von einem ausschweifenden Leben zeugte, überraschten bei einem Mann wie ihm. Es war die Art Gesicht, das man eher in einer versnobten Bar antrifft und nicht in Regionen der Welt, wo das Überleben oft Sache zehntelsekundenschneller instinktiver Reaktionen ist.

»Gute Darbietung«, sagte er eben, »sehr schön. Ich glaube, er schafft's.«

»Und was, wenn er es nicht schafft?«

»Mein Partner wird eine andere Lösung finden. Wenn es ein Wort gibt, das er haßt, ist es das Wort ›unmöglich‹. Für ihn ist es eine Häresie. Sagt ihm,

Der Grieche

›es ist unmöglich‹, und er wird aschgrau im Gesicht. Ich habe mich oft gefragt. warum. Ich glaube, es hat etwas mit dem Überleben zu tun ...«

Er legte den Feldstecher hin, und Joyce wünschte sich, er hätte es nicht getan. Seine Augen blickten starr wie die einer Schaufensterpuppe. Mr. Jones war kaum über fünfundvierzig, aber sein starrer Blick deutete entweder auf absolute Verzweiflung oder auf Herzprobleme hin. Alte Alkoholiker hatten diese Art Blick, aber er war nie ein Trinker gewesen.

»Sehen Sie, jedesmal, wenn man vor meinem Partner das Wort ›unmöglich‹ ausspricht, fühlt er sich sterblich. Sehr unangenehm für einen glühenden Liebhaber griechischer Götter und der Unsterblichkeit.«

Sie waren nun schon seit über zwei Wochen zusammen, und Joyce hatte Mr. Jones' begeisterte Schilderungen seines »Partners« bis obenauf satt, der offenbar immer anwesend war, der ständig alles überwachte, die Aktion bis ins kleinste plante, aber zu Gesicht hatte sie ihn nie bekommen.

»Hören Sie, die EAW hat bereits fünfunddreißigtausend Dollar in dieses Projekt gesteckt. Wir haben von der Ford-Stiftung keinen Kredit bewilligt bekommen. Der Fonds speist sich nur noch dank Tausenden von Menschen, die große finanzielle Opfer bringen, um uns zu finanzieren. Ich habe keine besondere Lust, Ihren gesichtslosen Partner kennenzulernen, doch wenn der Zeitpunkt gekommen ist, würde er lieber dabei sein.«

»Er wird da sein«, versicherte Mr. Jones mit Nachdruck. »Er ist immer da. Er gehört zu denjenigen, die immer die größten Risiken ...«

Joyce wußte plötzlich, was sie jedesmal so ärgerte, wenn Mr. Jones etwas sagte; es war etwas Theatralisches an seiner Art zu sprechen. Man spürte, daß der Mann seine Stimme geschult hatte und daß seine Heiserkeit die eines Schauspielers war, der nie gelernt hat, sie richtig einzusetzen. Seine ständige überlegte Ausdrucksweise verlieh allem, was er sagte, einen Mangel an Aufrichtigkeit.

Dennoch, seine Leistungen sprachen für sich. Letztes Jahr hatten dieser Mann und sein »Partner« ein paar gefährliche Rettungsaktionen für sich verbuchen können.

»Bloß, wir können uns dieses jungen Mannes nie ganz sicher sein. Er kann uns an der Nase herumführen und uns dann verraten. In einer solchen Situation wäre es absolut unerläßlich, daß mein Partner freie Hand hat. Eine wesentliche Vorsichtsmaßnahme.«

Er hatte natürlich recht. Sie lächelte.

»Wie lange arbeitet ihr beiden schon zusammen?«

»Schon lange. Unsere erste Mission bestand darin, wichtige politische Persönlichkeiten aus dem besetzten Europa zu schmuggeln...« Er verzog das Gesicht. »Ich hätte das lieber nicht sagen sollen. Das macht mich älter. Aber da ist noch etwas, was mir nicht gefällt...«

Er hob das Fernglas wieder an die Augen, aber nicht schnell genug. Sie hatte die Unruhe in seinem Blick bemerkt.

»Die Statistiken. Das Wahrscheinlichkeitsgesetz. Sehen Sie, meine Liebe, wir haben bisher noch nie einen Mißerfolg gehabt... so daß sich das Wahrscheinlichkeitsgesetz langsam gegen uns wendet. Einmal muß ja etwas schiefgehen. Das ist wissenschaftlich erwiesen. Statistisch. Daher darf sich nicht der kleinste Zufallsfaktor einschleichen. Aber das wird nicht passieren.«

»Ich hoffe es sehr«, antwortete sie. »Ich hoffe, daß es nicht ausgerechnet diesmal schiefgeht.«

Hinter dem Fernglas erschien das Lächeln wieder.

»Danke, meine Liebe«, sagte Mr. Jones.

Das Wasser war so klar, daß man den Eindruck hatte, von der menschlichen Schwerkraft befreit in einem Universum aus Korallen und angehäuftem weißen Sand durch den Raum zu schweben, und man bekam nie genug vom angenehmen Schauer der Einsamkeit; je mehr die Schwerkraft abnahm, je mehr der Körper an Gewicht verlor, desto leichter wurde dein Körper. Seit mehreren Tagen legte er täglich zwanzig Meilen zurück, um eine optimale physische Form zu erlangen. Er wußte, daß er die Höchstform erreicht haben würde, wenn sein Selbstvertrauen zu einer ruhigen Gewißheit wurde: zu kalter Heiterkeit.

Er schwamm zur Bucht zurück, wo er seine Kleider zurückgelassen hatte, einem der kleinen, schwarzen vulkanischen Lavaströme. Niemand verirrte sich jemals dorthin, und die Bucht gehörte einem ganz allein. Der Pfad, der durch die Klippen hinabführte, war steil, und wohl nur wenige hatten ihn seit der Zeit der Türkenkriege und der Piraten benutzt. Man sah noch die Spuren von Feuern, die man hier angezündet hatte, um den Schiffen, die in sternlosen Nächten den Patrioten Waffen brachten, die Bucht zu signalisieren, und manchmal waren die Feuer von Verrätern angezündet worden, um die Türken in Empfang zu nehmen, die gekommen waren, um die Aufstände auf der Insel zu zerschlagen. Er spürte den Sand unter seinen Füßen und watete, eine Melodie pfeifend, bis zum Strand, um nach fünf Stunden Schwimmen seinen Atem zu kontrollieren, schaute dann auf seine Uhr: siebzehn Meilen in genau vier Stunden, neununddreißig Minuten, eine ebenso gute Zeit, wie sie jeder

der vier oder fünf besten Langstreckenschwimmer der Welt hätte erbringen können, Ali Reza, der Türke aus Izmir, Johnny Galado aus Acapulco oder sogar Dick Corbett aus Catalina, wahrscheinlich der beste Schwimmer, seit Billy von der Szene abgetreten war. Er setzte sich in den Sand und dachte an die alten Gefährten: Don Zarek aus San Francisco, Belair Smith, der bei der Überquerung von Santa Barbara nach Catalina Island verschwunden war, und Peter Connor, der das Meer für eine Autowerkstatt in Los Angeles aufgegeben hatte und Gebrauchtwagen verkaufte und einen hartnäckig davon zu überzeugen versuchte, daß er das Glück gefunden habe, so daß man sich langsam fragte, ob er sich nicht demnächst erhängen würde.

»Aufstehn!«

Vor ihm standen drei Männer. Der eine trug unter dem rechten Arm eine Maschinenpistole mit abgesägtem Lauf und in der linken Hand einen Stumpen. Der Kerl in der Mitte hatte einen Karabiner, und der dritte hatte überhaupt keinerlei Waffe, abgesehen von seinen verbrannten Händen, die vollauf genügten. Es waren die größten Hände, die Bill je gesehen hatte, und sie waren so groß und mächtig, daß sie einen an die Mythologie erinnerten.

Er stand auf. Er hatte zuvor keinen der drei gesehen, er hätte sich bestimmt an sie erinnert. Griechen, wie man sie aus Stein und Marmor in den

Museen sieht. Griechen, wie man sie sich vorstellt, bevor man nach Griechenland kommt. Griechen, wie man sie sich vorstellt, wenn man an die Demokratie denkt, an die Akropolis oder an andere Namen wie Troja, Achilles, Herkules. Der Typus Grieche, wie man sich ihn vorstellt, wenn man an die Freiheit denkt.

Der Mann mit der Maschinenpistole hatte ein sonnengegerbtes Gesicht, eine kurze Hakennase, einen schwarzen Schnurrbart und blaßgrüne Augen. Der kleinste von den drei, dessen amerikanischer Karabiner auf Billys Magen gerichtet war, hatte eine Mördervisage, schmale Lippen, eine flache Nase, und die Augen unter den buschigen Augenbrauen glühten so leidenschaftlich, daß es geradezu ein Wunder war, daß sein Finger am Abzug blieb. Der dritte Mann war ein Riese mit nacktem Oberkörper, trug eine bis zu den Knien hochgekrempelte Jeanshose und eine Matrosenmütze auf seinem goldenen Haar. Sein Gesicht war durchkreuzt. Anders kann man es nicht beschreiben. Zwei tiefe Narben verliefen schräg über das Gesicht und kreuzten sich über der Nase, als hätte jemand mit zwei Messern ein Kreuz auf seinem Gesicht gezeichnet.

»Los, wir hören«, sagte er. Der Akzent war griechisch, aber Kreuzvisage hatte lange in den Staaten gelebt, das hörte man gleich.

Der Grieche

»Was wollt ihr?«

Kreuzvisage tätschelte den Sand. »Etwas wissen wir bereits«, entgegnete er. »Wir wissen über Mr. Jones Bescheid. Wir wissen alles über ihn seit dem Moment, als er den Fuß auf diese Insel gesetzt hat. Aber wir wollen den anderen. Den Boß. Wer ist der Boß, Mann?«

»Ich weiß nicht, wovon ihr redet«, sagte Billy.

Er sah den Karabiner herumschwenken, und der Kolben traf ihn, päng!, unter dem Kinn. Er fiel auf die Knie, stützte sich auf die Hände, die Welt verschwand kurz vor seinen Augen, um dann langsam wieder Gestalt anzunehmen.

»Aufstehn!«

Er stand auf. Kreuzvisage blickte ihn drohend an.

»Hör mal, Baby«, sagte er, »ich weiß, daß du schwimmen kannst. Ich weiß, daß du ein Champion bist. Aber ich bin auf meinem Gebiet ein noch größerer Champion als du. Ich kann besser töten als du schwimmen. Und ich mag die Roten nicht. Wir sind nicht gewöhnliche Polizisten. Wir sind die *politische* Polizei! Wir geben dir genau drei Minuten, und dann sagst du uns alles, was du weißt. Wo ist der Boß? Wer erteilt die Befehle? Den Namen des Gefangenen, den sie von der Insel holen wollen? Seinen Namen wollen wir. Sie haben dir tausend Dollar bezahlt, damit du zur Insel schwimmst und mit ihm Kontakt aufnimmst. Wir wissen es. Petro hat uns alles erzählt ...«

Die Mädchen hatten Billy oft gesagt, er habe die unschuldigsten Augen der Welt.

»Mr. Jones, wer soll das sein? Petro kenne ich natürlich, aber ich habe mit ihm nie über solche Dinge gesprochen. Die Politik kümmert mich einen Dreck. Und die griechische Politik noch weniger.«

»So ist das! Solltest dich lieber langsam dafür interessieren, und zwar dalli!« höhnte Kreuzvisage. »Weil Petro tot ist! Er ist gestorben, weil er sich einen Dreck um die griechische Politik scherte! Aber wir, wir interessieren uns für die griechische Politik! Wir sind Politische! Wir sind Patrioten! Und wir wollen alles über die Pläne deiner schlauen Freunde wissen.«

Billy schüttelte lächelnd den Kopf.

»Ehrlich, sprichst prima amerikanisch, Mann«, sagte er.

Kreuzvisage nickte.

»Ich war Amerikaner«, sagte er, »habe meine Zeit in der amerikanischen Armee abgedient. Jetzt bin ich nach Griechenland zurückgekehrt, weil mein Land mich braucht. Ich habe alle Tricks gelernt und bin hier zur politischen Polizei ...«

Der Grieche mit dem kahlgeschorenen Schädel und den riesigen Händen sagte wütend ein paar Worte auf griechisch. Billy staunte über seine Fort-

Der Grieche

schritte in Griechisch. »Wir vergeuden unsere Zeit. Schneiden wir ihm die Eier ab«, hatte er gesagt.

Kreuzvisage nickte.

Glatzschädel zog ein Messer hinter dem Rücken hervor.

Der dritte Mann mit den blaßgrünen Augen und der Adlernase spuckte ein paar zornige Worte. Er sprach zu schnell, Billy konnte kein Wort verstehen.

Ihm blieb nur eins, und er würde es tun. Er würde im Meer sterben, wie er es sich immer gewünscht hatte. Blitzschnell zum Wasser rennen, er war sicher, daß er es schaffte, selbst mit ein paar Kugeln im Rücken. Doch Glatzschädel stand hinter ihm und schleuderte ihn plötzlich gegen die Felsen.

Er sah den Gewehrlauf in der Sonne aufblitzen.

»Das ist deine letzte Chance. Pack aus. Wie heißt der Gefangene? Warum wollen sie ausgerechnet ihn herausholen und nicht einen anderen? Ist er der Boß? Ist er der Befehlshaber der Geheimarmee?«

Billy sah das Gesicht des Ertrunkenen vor sich. Seine Gesichtszüge erschienen ihm so deutlich, als stehe der Mann neben ihm. Stolze, edle Gesichtszüge. Seltsam, ein blonder Grieche, dachte er. Tröstlich zu wissen, daß es Menschen mit einem solchen Gesicht gab. Eine stolze Bugfigur für ein stolzes Schiff, genannt Freiheit ...

»Aufstehn, Junge!«

Die Stimme war fast sanft und warm. Kreuzvisage hatte seinen Karabiner gesenkt. Der glatzköpfige Gorilla mit dem nackten Oberkörper lachte. Der dunkelgekleidete Dritte lächelte.

Hinter einem Felsen trat die gebückte zwergenhafte Gestalt Petros hervor.

»Was zum Teufel …«, rief Billy.

Petro stürzte mit einer Flasche Retsina in der Hand auf ihn zu. »Trink. Ich hab's ihnen ja gesagt. Ich hab ihnen ja gesagt, daß du ein guter Amerikaner bist. Daß du die Freiheit liebst. Daß man einem jungen Amerikaner trauen kann, ihr habt Petros Wort. Aber nein, sie wollten dem alten Petro nicht glauben. Sie wollten dich auf die Probe stellen. Und jetzt wissen sie es. Jetzt wissen sie, daß Petro einen freien Mann schon von weitem riecht. Den echt freien Mann. Trink, mein Freund.«

»Verdammter Mistkerl«, sagte Billy und trank. Fragte dann plötzlich: »Und wenn ich gesprochen hätte? Wenn ich euch alles gesagt hätte, was ich weiß? Was dann?«

Kreuzvisage lächelte freundlich: »Dann hätten wir dich umgebracht.«

Billy hob nochmals die Flasche an die Lippen.

Worauf sie schulterklopfend und pausenlos auf griechisch durcheinanderredend die Klippen hinaufkletterten, alle redeten gleichzeitig, und es war

Der Grieche

noch schwieriger zu versuchen, etwas zu verstehen, als den fast senkrechten Pfad hinaufzuklettern, auf dem 1915 so viele türkische Soldaten im Kugelhagel der Patrioten ihr Leben verloren hatten, es war fast, als bahne man sich einen Weg durch ein wucherndes Dornengestrüpp von Worten. Kreuzvisage sang eine Lobeshymne auf Amerika, einen Ort, wo es, um seine Worte zu gebrauchen, mehr Freiheit *per capita* gab als sonst irgendwo auf der Welt, und man hörte, daß er auf griechisch dachte und seine Gedanken in ein ganz persönliches Englisch übersetzte. »Jeder Amerikaner marschiert in Freiheit«, »Die Freiheit mit vollen Händen trinken«, »Mein Herz schlägt frei« und »In Wyoming hört man den Donner der freien Männer«, und dennoch, diese begeisterten Worte beschworen die grenzenlosen Weiten und die unwiderstehliche stürmische Kraft herauf, nicht die der Flüsse, der Prärien und Ozeane, sondern die der Herzen und des unbezwingbaren menschlichen Geistes. Der Kerl mit der Hakennase und den buschigsten Brauen, die Billy je gesehen hatte, und dessen schmaler Mund eine mörderische Drohung war, der schweigsamste der vier, zeigte seine Sympathie und seine Zustimmung mit einem schiefen Lächeln voller verdorbener Zähne, und ein Blick genügte, um zu wissen, daß er wohl verdammt nützlich war für den Widerstand, denn weder ein Bulle noch ein Spitzel konnte sich im entferntesten vorstellen, daß dieser unglaublich häßliche, unglaublich widerliche Kerl für etwas so Wunderbares wie die Freiheit arbeitete. Fällt man etwa nicht immer auf die Frauen herein, ganz einfach, weil sie schön sind? Man schätzt sie falsch ein. Petro kletterte barfüßig neben ihm den Pfad hinauf, ein nach Ziegenkäse stinkender kleiner Satyr unter einem Kopf, der an Sokrates erinnerte, an Neptun und an die Mythologie; man betrachtete seine edlen Gesichtszüge, und wenn man den Kerl kannte und wußte, was er war, nämlich ein Dieb und ein Gauner, konnte man nicht umhin, sich zu fragen, ob es überhaupt sein Kopf war, ob er ihn nicht jemand anderem gestohlen hatte.

»Sei mir nicht böse, bitte.«

»Sprich nicht mit mir, elender Mistkerl.«

»Ich habe ihnen gesagt: Dieser Junge ist pures Gold. Wunderbar. Ihr könnt ihm hundertprozentig vertrauen. Aber sie wollten ganz sicher sein. Sie hatten Befehle.«

»Halt's Maul! Du vergiftest die Luft. Gegen die Umweltverschmutzung gibt's ein Gesetz.«

»Mein Herz blutet«, jammerte Petro. »Aber sie mußten sicher sein! Die Verräter sind überall.«

Sie gelangten zur kleinen weißen Kirche mitten in der felsigen Landschaft, einer der sieben- oder achthundert Kirchen auf der Insel. Man konnte sich nicht vorstellen, daß die Kirche von Menschen ge-

Der Grieche

baut worden war, sondern daß sie vom Himmel geschwebt war und sich am Rande des Abgrunds niedergelassen hatte. Jedesmal, wenn man an einer dieser kleinen weißen Kirchen vorbeikam, die über die Landschaft verstreut waren wie Schafherden, hatte man das Gefühl, angekommen zu sein. Er sagte zu den andern, er würde hierbleiben, und sie nickten. Besser, man sah sie nicht zusammen ins Dorf hinuntergehen, die Polizei war überall, und unter den Dorfbewohnern gab es etliche bezahlte Informanten. Kreuzvisage legte seine Pranke auf Billys Schulter und sagte, DiMaggio sei ein großer Mann und daß er stolz auf Billy sei, und es war schön, einem Kerl zu begegnen, der zwanzig Jahre Verspätung hatte und für den Amerika noch in all seinem alten Glanz leuchtete, genau wie Sterne immer noch leuchten, obwohl sie vor Millionen Jahren erloschen sind. Er betrat die Kirche, sie war leer und kühl, er streckte sich auf dem Fußboden aus und schloß die Augen und versuchte, sich Billy vorzustellen, »den Jungen, der sich einen Teufel um Dinge scherte«, die mehr als hundert Yards vom Ozean entfernt waren, wie die *Los Angeles Times* geschrieben hatte, und für das Wort »Freiheit« sein Leben aufs Spiel setzte, ein Wort, das seine Bedeutung verlor, wann immer er an Land ging. Die einzige Antwort, die er finden konnte, war im wilden, stolzen Ausdruck in den Augen eines ertrunkenen Mannes.

Er schlief auf den kühlen Steinfliesen ein und träumte von Zärtlichkeit und Wärme, einen seltsam greifbaren Traum von Frauenlippen auf seinem Mund. Er träumte oft, wie alle einsamen Menschen, doch nie mit einem solchen Gefühl von Wirklichkeit, so daß er sogar die Arme um die Schultern und die Taille seines Traums legte, und dann wachte er auf, und der Traum war immer noch da, aber er träumte nicht mehr.

Die junge Frau schaute lächelnd auf ihn herunter, ihr langes blondes Haar fiel auf sein Gesicht, und es war nicht mehr das kalte, geheimnisvolle Gesicht des Fremden, den er bei Sonnenuntergang den Strand von Peretras hatte entlanggehen sehen, sondern eine lebendige, warme, zärtliche Erscheinung mit einem Lächeln, das den Unterschied zwischen bloßer Schönheit ausmachte und eine Antwort war auf alle Fragen, die man sich das Leben lang gestellt hat.

»Ich glaub's nicht«, sagte er.

Sie lachte.

»Also wach auf, und du wirst sehen, daß ich verschwunden bin.«

Er versuchte, sie an sich zu ziehen, doch sie schaute weg. »Nein. Versuch's nicht. Es zerstört sonst deinen Traum. Wenn man ihn greifen will, erwacht man immer.«

»Bist du schon oft aufgewacht?«

»Ein- oder zweimal. Ein sehr hartes Erwachen.«
»Ich bin anders.«
»Ich hoff's. Bitte, bleib so. Laß mich los.«
Er ließ sie los.

»Das ist der schönste Moment, den ich ich je in einer Kirche erlebt habe«, sagte er kopfschüttelnd. »Hör mal, auf dieser Insel gibt es ein paar hundert Kirchen, das ist vielversprechend für die Zukunft. Mit einer Kirche je Tag müssen wir zwei Jahre hierbleiben.«

Sie hörte ihm nicht zu. Sie hatte eine Landkarte unter ihrer Bluse hervorgezogen, ihr Gesicht, ihre Augen, ihre Stimme hatten sich völlig verändert. Ihre Gesichtszüge hatten sich verwandelt, und der sanfte, goldene, zärtliche Glanz war verschwunden. Diesen Ausdruck hatte er schon auf dem Gesicht von Schwimmern gesehen, die im Begriff waren, ins Wasser zu tauchen, und die plötzlich alles vergessen hatten außer dem harten Kampf, Körper und Seele von der Jagd nach dem Sieg besessen.

»Hier, eine Karte von Dervos, und hier befindet sich das Konzentrationslager. Der Maßstab ist zwar nicht genau, der des Lagers ist größer, aber das spielt keine Rolle. Du schwimmst jedenfalls hinüber und machst möglichst viele Bilder, schwimmst dann zurück, und dann hast du keine Sorgen mehr.«

Sie trug hohe Stiefel und Jeans, und Landkarten, Kugelschreiber, Brille und Zigarren waren in ihren Stiefeln verstaut. Schwalben, zwei Schwalben flatterten im Dachstuhl.

»Was hast du mit der ganzen Geschichte zu tun?«

»Warum? Seh ich so aus, als wär's mir gleichgültig?«

»Das hab ich nicht gemeint. Aber warum in Griechenland?«

»Weil es hier zum Himmel stinkt, genau unter unserer Nase. Nicht in China, nicht in Rußland oder in Afrika, sondern hier in Griechenland, einem Mitglied der Westeuropäischen Union und ...«

Sie schüttelte hilflos den Kopf.

»Reg dich nicht auf, ich hab mit Politik nichts am Hut. Ich bin in einem freien Land geboren, das ist alles. Im übrigen weiß ich nicht mal, warum ich das tue. Das Geld ist ein guter Vorwand, natürlich, doch in Wirklichkeit ist es nicht deswegen. Bloß, ich habe das Gesicht eines Mannes gesehen ... vergiß es. Doch soviel ich weiß, gibt es auf dieser Seite keine einzige Stelle, wo man den Fuß hinsetzen kann, und auf der anderen Seite stößt man alle fünfzig Yards auf eine Maschinengewehrstellung. Niemand kann die Strecke hin und zurück an einem Stück schwimmen, nicht einmal ich.«

Der Grieche

Sie zog ein Päckchen Zigaretten aus einem ihrer Stiefel, und da sah er die Pistole, ein Riesending!, er schaute zu ihr auf, und durch die Pistole wirkte ihr Gesicht nochmals anders, fast finster trotz der blonden Haare und der blauen Augen. Hatte sie ihn wirklich geküßt? Doch die sanfte, fast mütterliche Zärtlichkeit ihrer Glieder, ihre Wange an seinem Kopf, das war Wirklichkeit gewesen. Er grinste.

»Was ist?«

»Ich wache gerade auf. Diese verdammte Karte ist voller wirklicher Dinge. Ich denke über die Pistole nach. Warum trägst du eine Pistole mit dir herum?«

»Weil ich weiß, wie man sie benutzt.«

»Hast du sie schon oft benutzt?«

»Sagen wir einmal, ich habe sie überlegt benutzt. Ich bin sehr jung ausgebildet worden. Ambrose de Wellen ist mein Vater.«

Billy schaute respektvoll drein. Er hatte den Namen noch nie gehört. Mag sein, daß dieser Kerl ein berühmter Mann war. Im Gesicht der jungen Frau lag Stolz, als sie den Namen ausgesprochen hatte, doch dies bewies nichts, denn alles hängt davon ab, worauf man stolz ist.

Die Zographos waren Steinmetzen. Sie waren fünf an der Zahl, und ihre ganze Liebe galt den Steinen und dem Gedenken an ihren Urururgroßvater, der vor langer, langer Zeit gelebt hatte, »als man Griechenland sehen konnte«, wie sie sagten. Wenn die Zographos das Wort »Griechenland« aussprachen, hatte man das Gefühl, man käme von nirgendwo her, man habe nie einen Urururgroßvater gehabt und besitze keinen Flecken auf Erden, der es wert war, überhaupt erwähnt zu werden. Der wuchtige Berg, an dessen Hang sich das Dorf klammerte, ragte über ihnen empor und sah aus wie der sechste Zographos, der von oben die anderen beschützte, aber in Griechenland gibt es viele Menschen, die aussehen, als würden sie, lange bevor sie tot sind, aus Erde bestehen. Granitblöcke, Holzklötze mit riesigen schweren Händen aus Materie und nicht aus Fleisch; wenn man etwas aus der Nähe betrachtet, ganz aus der Nähe, ist es ansteckend. Im Hof lag überall Granit, und wenn die Sonne niederbrannte, war der Ort ein richtiger Ofen, um sieben Uhr abends, wenn die Sonne einen losließ, fühlte sich dein Herz wie ein hartgekochtes Ei an. Sie schliefen im Werkzeugschuppen, warteten auf das Zeichen, Kapitän Georges wartete jedenfalls darauf, auf was für ein Zeichen, sagte er allerdings nicht. Er stand nachts auf, ging hinaus und legte die Hand über die Augen, als schütze er sie vor einem blendenden Blitz himmlischen Lichts, dann schüttelte er den Kopf und schnalzte mit der Zunge.

Der Grieche

»Immer noch kein Zeichen, sie sind verspätet, stimmt etwas nicht, stimmt eindeutig etwas nicht.«

Er zog eine Zigarre aus seiner Westentasche und steckte sie sorgfältig an.

»Nun, das ist das Problem mit der Freiheit, sie läßt sich nicht so einfach unter Kontrolle halten wie ein Konzentrationslager. An ihr ist etwas Kunstvolles ... kein Zeichen.«

Er suchte mit seinem scharfen Blick den Himmel ab, als erwarte er, plötzlich ein neues Sternbild am Himmel aufleuchten zu sehen, das ihm einen klaren Morgen ankündigte.

Titel des unveröffentlichten Fragments: *The Greek* (Fonds d'archives Romain Gary im IMEC, Paris).

Uneinheitlichkeiten bei Jahreszahlen, Altersangaben, Eigennamen wurden dem Manuskript entsprechend beibehalten.

Aus dem Englischen von Giò Waeckerlin Induni.

Zeittafel

1914 *8. Mai:* Roman Kacew wird in Wilna geboren als Sohn von Mina Owczynska, der Tochter eines jüdischen Uhrmachers aus Kursk, und von Arieh-Leib Kacew

1915–21 Exil in Rußland oder der Ukraine

1921–25 Wilna

1925–28 Warschau

1928 *August:* Ankunft in Nizza

1933–35 Rechtswissenschaftsstudium in Aix-en-Provence; Jurastudium in Paris

1935 *15. Februar:* als Garys erste Veröffentlichung erscheint die Erzählung *L'Orage* in der Zeitschrift *Gringoire*
14. Juli: Einbürgerung

Romain Gary

1938 Militärdienst, Luftwaffe in Salon-de-Provence

1940 erster Flug nach Nordafrika; Luftwaffe der französischen Exilregierung unter Charles de Gaulle in London; Ghana, Nigeria

1941 Tod der Mutter; Tschad, Zentralafrika, Sudan

1941/42 Typhus in Syrien, Genesung in Ägypten; London, Basis Hartford Bridge

1944 Januar: schwere Verletzung; Veröffentlichung des ersten Buchs *Forest of Anger (Éducation européenne)* in London

1945 Heirat mit Lesley Blanch (geb. 1904) in London; Paris; Kritikerpreis für *Éducation européenne*; Mitglied des Außenministeriums; Botschaftssekretär

1946–48 Posten in Sofia

1949–51 Posten in Bern

1951 Romain Gary wird offizieller Name

1952–54 Stelle an der UNO; Veröffentlichung des Romans *Les Couleurs du jour*

1954/55 Posten in London

1956–60 französischer Konsul in Los Angeles; Vertretung des Botschafters in La Paz

1956 Veröffentlichung des Romans *Les Racines du ciel (Die Wurzeln des Himmels)*; Prix Goncourt für *Les Racines du ciel*

1958 Veröffentlichung des Romans *L'Homme à la colombe* unter dem Pseudonym Fosco Sinibaldi

1959 Veröffentlichung des Romans *Lady L.* auf englisch; Begegnung mit der Schauspielerin Jean Seberg (geb. 1938)

1960 Veröffentlichung des autobiographischen Romans *La Promesse de l'aube (Erste Liebe – letzte Liebe)*

1961 beantragt eine zehnjährige Beurlaubung; Premiere am New Yorker Morosco Theater von *First Love*, Samuel Taylors Bühnenbearbeitung von *La Promesse de l'aube*

Romain Gary

1962 Mitglied der Jury des XV. Filmfestivals von Cannes; Scheidung von Lesley Blanch

1963 Einladung von John F. Kennedy ins Weiße Haus zusammen mit Jean Seberg; Heirat mit Jean Seberg; der Sohn Diego wird geboren

1966 Veröffentlichung des Romans *Les Mangeurs d'étoiles*

1968 Uraufführung seines Films *Les Oiseaux vont mourir au Pérou*; Trennung von Jean Seberg

1970 Veröffentlichung des Romans *Tulipe*, endgültige Fassung; Scheidung von Jean Seberg; *Newsweek* meldet, daß Jean Seberg von einem farbigen Aktivisten schwanger ist; Frühgeburt von Nina Hart Gary; Tod des Babys; Gary verurteilt *Newsweek* in dem Artikel *Le Grand couteau*; in den folgenden Jahren Veröffentlichung zahlreicher Erzählungen und Romane, darunter *Gros-Calin* unter dem Pseudonym Émile Ajar

1975 Veröffentlichung des Romans *La Vie devant soi (Du hast das Leben noch vor dir)* unter dem Pseudonym Émile Ajar; Prix Goncourt für *La Vie devant soi*; Émile Ajar verweigert die Annahme des Prix Goncourt; Hervé Bazin, Präsident der

Akademie, besteht auf der Auszeichnung Émile Ajars; *La Dépeche du Midi* meldet, daß Émile Ajar in Wahrheit Paul Pavlowitch ist; *Le Monde* veröffentlicht eine handschriftliche Notiz von Gary, in der er erklärt, er sei nicht Émile Ajar

1976 Veröffentlichung des Romans *Pseudo* unter dem Namen Émile Ajar

1977 Veröffentlichung des Romans *Clair de femme*

1979 Jean Seberg wird tot aufgefunden (Selbstmord); Pressekonferenz, bei der Gary das FBI denunziert

1980 *2. Dezember:* Selbstmord Romain Garys

1981 Garys Asche wird in der Bucht von Nizza verstreut; Paul Pavlowitch enthüllt in seinem Buch *L'Homme que l'on croyait*, daß Romain Gary Émile Ajar war

Romain Gary
Frühes Versprechen
Roman
Aus dem Französischen
von Giò Waeckerlin Induni
Band 18453

Ein Wunderkind sollte er werden und die Welt ihm zu Füßen liegen. ›Frühes Versprechen‹ enthüllt das fabelhaft bunte Leben von Romain Gary als Sohn einer ebenso despotischen wie liebevollen Mutter. In Wilna geboren, kommt er als 14jähriger nach Nizza und Paris, er wird Pilot, französischer Konsul und der einzige Autor, der zweimal den Prix Goncourt erhielt. Von diesem einzigartigen Fall, in dem mütterliches Wunschdenken von der Wirklichkeit noch übertroffen wurde, erzählt Romain Gary selbstironisch und mit unendlicher Liebe für die verrückteste, anstrengendste, ungewöhnlichste Mutter der Welt.

»Romain Garys autobiographischer Roman
bereitet ein enormes Lesevergnügen – ein in unzähligen
Geschichten glänzend erzähltes Buch.«
Süddeutsche Zeitung

Fischer Taschenbuch Verlag

Guy de Maupassant
Stark wie der Tod
Roman
Aus dem Französischen von Caroline Vollmann
Band 16156

Ein Meisterwerk in neuer Übersetzung, empfohlen und gelobt vom Literarischen Quartett.

Der erfolgreiche Pariser Salonmaler Olivier Bertin lebt schon zehn Jahre in glücklicher Beziehung mit der verheirateten Gräfin de Guilleroy. Da bricht das Verhängnis in Gestalt der 18jährigen Annette, der Tochter von Madame, herein, die ihrer schönen Mutter so sehr ähnelt.

Eine elegische Liebesgeschichte und ein ergreifender Roman über die Vergänglichkeit von Schönheit, Jugend und Begehren.

»Man liest diese schöne und traurige Geschichte,
als sei sie gerade erst geschehen.«
Frankfurter Allgemeine Zeitung

Fischer Taschenbuch Verlag

Die Schönste von allen
Ein Lesebuch von Cervantes bis Nabokov
Herausgegeben und mit einem Nachwort
von Ingrid-Maria Gelhausen
Band 90253

Die Verführungskraft weiblicher Schönheit hat die Dichter und Schriftsteller seit jeher bezaubert, verwirrt, geängstigt und doch stets zu ihren schönsten Huldigungen angeregt. Von der Kindfrau über die junge und die erfahrene Frau bis zu den älteren Damen begibt sich diese Anthologie auf eine Spurensuche in Romanen, Erzählungen und Gedichten, um den Reiz der Frauen einzufangen, auf faszinierend vielfältige Weise. Die Entscheidung aber, wer nun die Schönste von allen ist, liegt allein beim Leser.

Mit Texten von Guy de Maupassant, Lew Tolstoi,
Marina Zwetajewa und vielen anderen.

Fischer Taschenbuch Verlag